Maud Paquis

L'Ascension

Toutes les illustrations de cet ouvrage, incluant la couverture, ont été créées par Maud Paquis.

Ce livre a été écrit dans le cadre d'un travail de maturité au Gymnase de Beaulieu, à Lausanne.

Maud Paquis, 2018

«Il n'y a qu'une façon d'apprendre, répondit l'Alchimiste. C'est par l'action. Tout ce que tu avais besoin de savoir, c'est le voyage qui te l'a enseigné.»

- L'Alchimiste, Paulo Coelho

Note: tous les textes mis en référence en bas de page ont été réadaptés et réécrits

Elle était là, debout, au centre de ce vaste océan noir.

Ses cheveux dansaient la valse au rythme des courants, le fin tissu de sa robe suivait leur mouvement.

Ni sol, ni ciel n'étaient présents, juste ce paisible sentiment.

Elle était là, debout, au centre de ce vaste océan noir, mais jamais il n'avait été aussi lumineux.

Elle était chez elle, au centre de son cœur, au cœur de son corps, mais elle ne le savait pas encore.

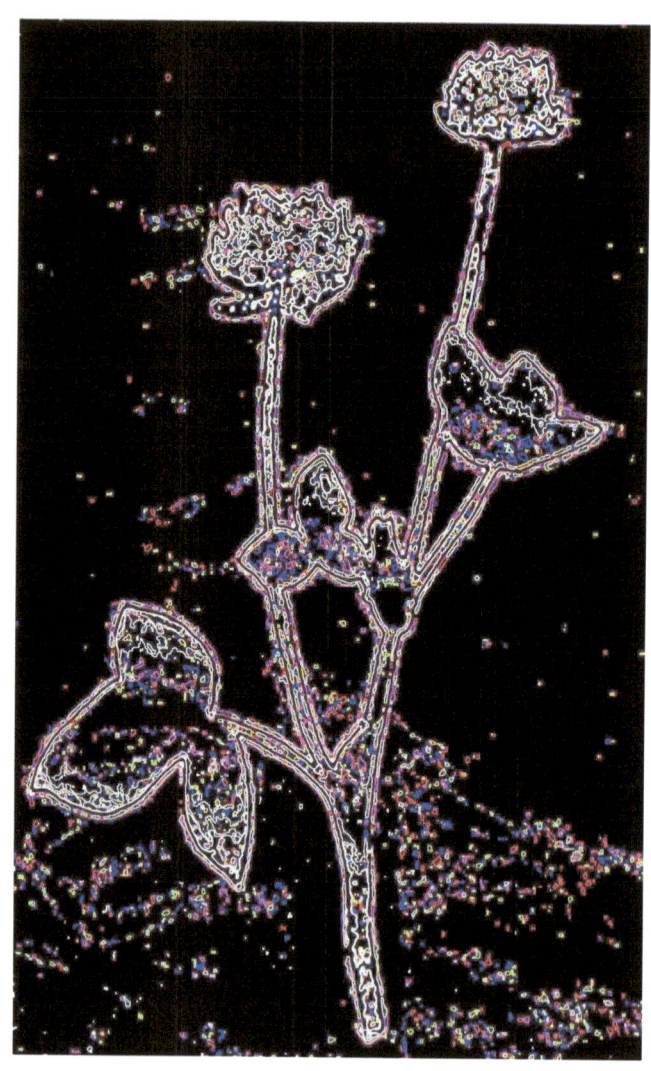

Lundi

Le train s'arrêta, nous prîmes tous nos bagages et sortîmes. La gare de Lucerne n'avait pas changé. J'avais fait cet exact même trajet chaque année depuis ma naissance, ayant l'habitude de venir avec ma petite sœur et mes parents lors des vacances scolaires. La moitié des membres de ma famille vivait ici, éparpillée dans tous les recoins de la Suisse Centrale, et nous venions leur rendre visite plusieurs fois dans l'année. Nous logions chez les parents de ma mère qui avaient une maison à Sarnen, une petite ville bordée d'un lac en plein cœur de ces gigantesques montagnes alpines.

Cette fois j'étais venue seule, et me remémorer tous ces souvenirs fit monter en moi une vague de nostalgie. Mon enfance n'était plus qu'un monde perdu dont les seules traces étaient de courtes images que ma mémoire avait enregistrées. Me rendre compte que le temps passait aussi rapidement m'attristait.

La température était idéale pour un début de septembre et le ciel bleu sans aucun nuage me fit oublier ma nostalgie. Il était dix-huit heures et j'étais heureuse d'être enfin arrivée. Je sortis de la gare et marchais tranquillement en direction du mythique pont de Lucerne. Le trottoir grouillait de monde, des hommes et des femmes en tenues de travail se mélangeaient aux touristes chinois armés d'appareils photos, j'avais du mal à croire qu'une petite ville telle que Lucerne puisse être aussi agitée.

Je montai les quelques marches à l'entrée du pont afin d'en faire la traversée, le mélange entre le bois neuf et celui rongé par les flammes m'intriguait. Ce monument avait beau être d'apparence fragile, il était resté debout depuis tant d'années, et je m'émerveillai en imaginant tous les gens et toutes les histoires qu'il avait pu silencieusement observer. Je m'arrêtai, posai mes avant-bras sur le rebord et regardai la vue. L'eau de la Reuss était tranquille, les grandes maisons rustiques qui la bordaient créaient une ambiance sereine et réconfortante. Des canetons accompagnés de leur mère passèrent sous mes pieds ; je pris les biscuits qui étaient restés dans mon sac et leur en jetai quelques morceaux. Après les avoir mangés jusqu'à la dernière miette, cette petite famille continua sa route, mais un caneton se distingua du groupe. Il prit la direction opposée à celle de ses frères et sœurs et nagea jusqu'au bout du pont, je pris exemple sur lui et le suivi.

Le vieux Lucerne était très beau et c'était la première fois que je l'observais vraiment, sans avoir à parler avec quelqu'un d'autre ou à m'inquiéter de l'heure à laquelle mon train arriverait. Les ruelles s'entremêlaient comme des sentiers de montagne, les bâtiments reproduisaient les couleurs de certaines fleurs alpines, et le sol celles de roches de haute altitude. En étant au centre de cette petite ville, je me sentais déjà entourée par la nature.

Après plus d'une heure et demi de marche, je pris la décision d'aller manger ; je m'assis sur un banc et sortis un sandwich de mon sac, puis l'air devenant un peu plus frais, je me blottis dans ma veste légère et me mis à rêvasser. Une vieille dame semblant sortir d'un songe apparu et s'assis à mes côtés. Elle avait de longs cheveux gris, une peau marquée par le temps et portait un ensemble noir ; peut-être était-elle une fée déguisée envoyée par le destin pour me faire passer un test, ou bien une sorcière qui cherchait une jeune fille afin de s'occuper de son château perdu dans les bois. Mon imagination fut vite coupée lorsqu'elle se mit à me parler :

« Tu habites ici ? » , me dit-elle gentiment en lucernois, « je ne crois pas t'avoir déjà vue.

- Non, j'ai décidé de faire quelques jours de marche dans la région. Je viens d'arriver.

- Tu as bien raison, c'est la bonne période pour faire de la randonnée. »

Il s'en suivit une longue discussion. Cette vieille dame portait le nom de Susi et elle me raconta quelques épisodes de sa vie, parfois joyeux et parfois tristes. Son mari était décédé quelques mois auparavant et depuis, elle sortait s'asseoir sur ce banc les soirs où elle se sentait seule. Même avec ses septante-huit ans, elle donnait l'impression de devoir réapprendre à vivre chaque matin ; plus le temps avançait, plus son corps s'affaiblissait et plus elle sentait son temps sur cette Terre se raccourcir. De nombreuses années nous séparaient et même si je n'avais pas son vécu, je pensais pouvoir la comprendre.

« Tu as beaucoup de regrets ? » , lui demandais-je. Elle regarda le ciel et un sourire se dessina sur ses lèvres.

« Non. J'ai fait des erreurs et j'ai vécu des choses difficiles, mais j'ai toujours suivi la voie de mon cœur. Ça m'a causé un certain nombre de problèmes, mais je pense avoir toujours réussi à rester authentique à celle que je suis. Maintenant que ma mort approche, je sais que j'ai fait les bons choix. Dans ma jeunesse, j'ai souvent douté et je pensais même parfois me tromper de direction, mais maintenant que tout ce temps est derrière moi, je suis heureuse d'avoir fait ce que mon cœur désirait. Non, je ne regrette rien. »

Sans que je ne voie le temps passer, il était déjà dix heures. Je me levai et dis à Susi qu'il était temps pour moi de trouver un petit hôtel où passer la nuit, elle me répondit qu'il était hors de question que je cherche une chambre et me proposa de dormir chez elle. Bien que l'on m'ait toujours appris qu'il ne fallait pas dormir chez des inconnus, je décidai que cette soirée serait l'exception qui confirmerait la règle et la remerciai de sa gentillesse. Son appartement était juste en face du banc sur lequel nous nous étions assises. L'immeuble, d'un rouge délavé par le temps, était éclairé par des lampadaires ; nous dûmes gravir quelques étages avant d'entrer chez elle. Je posai mon sac dans la petite chambre et mis mon pyjama. Tout était calme. Je me penchai à la fenêtre et regardai les étoiles ; peut-être y en avait-il une qui garderait un œil sur moi durant ce périple. Je me blottis dans les draps et fixai le plafond quelques secondes. Mon voyage avait bien commencé et j'espérais que cela puisse continuer ainsi. Quelles surprises me réservait cette semaine ? Mes lourdes paupières se fermèrent et je m'endormis.

Mardi

« Bonne chance, viens me voir si tu repasses à Lucerne », me dit Susi alors que je m'éloignais de chez elle. Mon voyage commençait bien. Je pris le train jusqu'à Alpnachstad.

Je m'engageai dans la file d'attente du train à crémaillère, achetai mon billet et choisis une place à côté de la fenêtre. Près de moi se trouvait une famille de touristes, eux aussi venus d'une autre partie de la Suisse pour retrouver leurs racines. L'un des fils, que j'estimai être âgé d'une dizaine d'années, me fit penser à mon moi passé : plus nous montions en altitude et plus il s'excitait. Il observait chaque détail. Je pris exemple sur lui et restai attentive au tableau qui se dressait de l'autre côté de ma fenêtre. Les fleurs, les arbres, les prairies, les vallées et le lac des Quatre-Cantons dominant le tout étaient plus vivants que tous les passants que j'avais pu observer la veille à Lucerne, ou la semaine passée à Lausanne. J'avais l'impression d'avoir trouvé des lunettes me permettant de voir ce qui m'était invisible auparavant.

Je ne prenais généralement pas le règne végétal en considération ; il avait toujours fait partie de l'arrière-plan. Mais en observant la nature ce jour-là, je me rendis compte qu'elle était en fait autonome et que la vision que j'en avais était bien loin de la définir. Bien qu'elle ne soit mobile que grâce aux vents et aux lentes saisons, elle était tout aussi vivante que nous. Je sentais cette force sortir de la terre, entrer en chaque racine et s'étendre jusqu'aux feuilles. Cet environnement existait déjà bien avant nous, mais nous décidions de l'ignorer en vivant en dehors de lui, comme si une névrose nous empêchait de voir que nous en faisions partie. Mon corps se mit à ressembler à cet *en-dehors*. Mon énergie rentrait elle aussi par ma bouche, ma peau et mes poumons, grâce à la nourriture, au soleil et à l'oxygène. Tout ça pour me permettre de grandir, pour permettre à mes cheveux ainsi qu'à mes ongles de pousser. Je pris enfin conscience que ce monde végétal dont on m'avait appris à me dissocier depuis toujours, était en fait inscrit dans mes cellules. À ce moment précis, cette séparation si longtemps inconsciente refit surface dans mon esprit, puis s'en détacha peu à peu, jusqu'à totalement disparaître. Il n'y avait pas de différence fondamentale entre ces plantes de l'autre côté de la vitre et ce qui se passait au sein même de mon corps. En dix-neuf années sur cette planète, c'était la première fois que je m'en rendais vraiment compte. Le nuage qui couvrait le soleil se déplaça et cette nature que je contemplais se vivifia encore plus.

Je sortis de la cabine. Le paysage avait quelque peu changé à cette altitude, une fine pelouse recouvrant la roche avait remplacé les forêts de sapins et la température s'était rafraîchie. Mon réel voyage allait commencer, je remis mon sac en place sur mes épaules et pris la direction du sentier de randonnée. La famille du train à crémaillère était restée en haut de la montagne, j'étais donc heureuse de pouvoir continuer seule.

***

Ma première fois sur le Pilatus datait d'une dizaine d'années auparavant, alors que ma grand-mère nous y avait amené ma sœur et moi. Elle nous avait raconté toutes sortes d'histoires : il s'agissait d'un repère de dragons, d'elfes et de lutins, que les hommes craignaient autant qu'ils l'admiraient. En face de ce mont légendaire se tenait un de ses frère : le Titlis. Depuis là où nous nous trouvions, j'avais pu observer un petit chapeau blanc qui le recouvrait, et ne me doutant pas qu'il pouvait neiger en été, je lui avais demandé ce que c'était. Elle m'avait alors raconté l'histoire de tous les glaciers:

« Il était une fois un jeune berger qui n'avait que ses moutons en guise de compagnie. Il aimait sa montagne et ses bêtes et cela lui suffisait amplement. Un rêve pourtant l'habitait depuis son enfance : il aimait tellement sa montagne, ses vallées et ses forêts qu'il en était tombé amoureux. Son seul souhait était de pouvoir l'épouser. Un jour de printemps, il décida donc d'aller voir les elfes dans une de leurs grottes afin de demander la main de cette géante vivante. Les elfes eurent de la compassion pour le jeune berger, mais il fallut lui dire la dure vérité. L'esprit de la montagne était bien plus élevé que celui des hommes, même tous réunis. Une telle union était malheureusement impossible.

À l'annonce de cette nouvelle, le garçon repartit en pleurs, plus triste que jamais. Il continua de pleurer jusqu'à sa mort. Avec le cycle des saisons, ses larmes s'étaient transformées en rivières, puis en nuage, en pluie et enfin en glace, pour former ce que nous appelions aujourd'hui un glacier. Ne pouvant pas épouser celle qu'il aimait, il lui avait tout de même laissé un souvenir, une trace de son existence. Les glaciers de toutes les Alpes avaient été créés par des gens comme ce berger. »[1]

Ce conte m'avait marqué et en descendant le long du sentier je n'avais pas pu m'empêcher d'y repenser. Avec les glaciers qui fondaient à notre époque, toutes ces empreintes allaient disparaître et j'en fus très triste. Du haut de mes huit ans, je compris que les hommes, par amour, avaient créé les glaciers, mais je ne comprenais pas pourquoi ils les faisaient fondre aujourd'hui. N'y avait-il plus personne qui aimait sa montagne ?

***

Midi approchait et je décidai de m'asseoir à une table de pique-nique. Je sortis le sandwich que j'avais acheté à la gare le matin même et m'empressai de le manger pour assouvir ma faim qui devenait de plus en plus grande. L'altitude en moins et le soleil de plus en plus présent avaient réchauffé l'atmosphère *pilatesque* de ce mois de septembre.

Je restais assise pendant une petite heure quand soudain, un bélier apparut.

Il se rapprochait de plus en plus de moi et je me mis à ressentir les effets du stress dans tout le corps. Je ne savais pas quoi faire. Bien que je n'associais pas

[1] La naissance des glaciers, contes populaires de toutes les alpes p.76-77 (Bérénice Boulay)

forcément le bélier à l'agressivité, ses puissantes cornes recourbées ne m'inspiraient pas confiance. Et si j'étais sur son territoire ? Devais-je fuir ? Je me rendis vite compte que je risquais plutôt d'aggraver mon cas si je me mettais à courir, donc je ne bougeai pas. Je me souvins des cours que j'avais suivi en primaire ; ces cours qui devaient nous apprendre à bien réagir en face d'un chien qui nous faisait peur. Il y avait la technique du caillou où l'on devait se recroqueviller sur nous-même, ou celle de l'arbre, où nous devions rester le plus droit possible sans bouger. Ces techniques étaient-elles aussi valables avec les béliers ? En fait, je me demandai même si elles l'étaient vraiment avec les chiens. J'avais beau réfléchir à comment me sortir de cette situation, l'animal avançait vers moi, lentement mais sûrement, jusqu'à ce qu'il se trouve à moins d'un mètre de la table. Il me regardait d'un air intrigué. Les rôles semblaient s'être échangés et l'animal était devenu l'observateur de l'humain. Je me concentrai pour ne pas avoir l'air apeurée. Il s'assit. Tout à coup mon stress redescendit, pouvais-je partir ? Je préférais ne pas prendre de risques inutiles et donc décidai de rester là, à ses côtés. Il semblait apprécier ma présence, et maintenant que je n'avais plus peur de lui, je commençai à apprécier la sienne en retour. Je sortis de mon sac quelques crackers et lui en tendit un, il le renifla et le délaissa instantanément.

C'était la première fois que je me tenais aux côtés d'un signe astrologique sur pattes, vivant et en liberté. J'étais contente qu'il m'apprécie.

Nous restâmes côte à côte pendant une bonne heure, puis sachant que ma marche allait être encore longue avant d'arriver dans la vallée, je pris mon courage à deux mains, me levai et repris le sentier. Le bélier se leva lui aussi et me suivit. J'acceptai sa compagnie et commençai à lui parler :

« Dis donc, tu m'aimes bien on dirait. Tu veux devenir mon guide ? »

Il ne répondit pas. Nous marchâmes tranquillement le long de la montagne. Quelques minutes plus tard, je lui demandai s'il aimait bien sa maison et sa famille, si le tourisme ne le gênait pas trop, je continuais de lui poser ce genre de questions jusqu'à ce que je me rende compte qu'il n'allait de toute manière jamais me répondre. Je commençai donc à lui raconter ma vie. Personne n'était là pour me juger, je pouvais donc bien me permettre de parler à un bélier, d'autant plus que c'était lui qui me suivait.

« Je m'appelle Roxanne, tu sais. (Je lui parlais en suisse-allemand par précaution. Il y avait peut-être plus de chance qu'il me comprenne de cette manière). Je ne suis là que depuis hier, on peut dire que tu es la première rencontre de mon voyage. Il y avait aussi Susi, mais elle, c'était avant que je ne commence vraiment ma marche, donc je ne sais pas si ça compte. En fait j'ai décidé de venir faire un tour par chez toi parce que je me cherche encore. L'année qui vient, je n'ai rien de prévu. *Nada*. Je ne me suis pas inscrite à l'université, je n'ai pas non plus cherché de travail ou d'apprentissage. Je suis complètement dans le flou. Tu vois, peut-être qu'en venant ici, me ressourcer au cœur de la Suisse, je saurai enfin ce que je suis venue faire ici, sur Terre. Tu dois te dire que c'est un peu bête de ma part, j'imagine qu'être un bélier est plus simple, tu ne te poses sûrement pas ce genre de questions. Enfin, je ne veux pas dire que tu sois stupide. J'espère que tu ne l'as pas mal pris en tous cas.

C'est sûrement un peu naïf de croire que la vie a un sens, je ne sais pas... Je suis juste perdue. Penser que je devrais faire un travail ennuyeux toute ma vie simplement pour survivre, puis fonder une famille, avoir des enfants, un chien et une maison, tout ça pour finalement arriver à la retraite et repenser à tout ce que j'aurais pu faire différemment et regretter de ne pas l'avoir fait. J'imagine que tu trouves cette façon de penser un peu simpliste, et tu dois sûrement avoir raison. »

Le bélier s'arrêta pour brouter un peu d'herbe, me regarda, et nous continuâmes notre route. J'avais l'impression de discerner un peu de compréhension dans ses yeux. J'étais un peu moins seule à ses côtés.

« La Terre est tellement grande, il y a tellement de gens différents, de choses à apprendre et à vivre, d'endroits à visiter. Tu sais, j'aimerais vraiment faire quelque chose d'utile pour le monde. Je sais très bien que je ne serai pas Gandhi ou Martin Luther King, mais je ne vois pas l'intérêt à ne vivre que pour soi-même. J'aimerais bien que le jour de ma mort, la situation sur Terre soit un peu moins grave, que ma présence ait pu faire changer les choses. Même si ma contribution est minime, je veux qu'elle existe. »

Le bélier continuait de me suivre et de me regarder comme s'il m'écoutait.

« En fait, le vrai problème c'est que je ne sais pas où aller. Est-ce que je dois continuer sur le chemin traditionnel, celui de mes parents et celui que l'école m'a toujours montré ? Où est-ce que je devrais plutôt me lancer dans quelque chose de beaucoup moins certain, pour peut-être risquer de tout perdre ? Comme disait « je ne sais plus qui », je suis partagée entre ma tête et mon cœur. Peu importe lequel des deux je décide de choisir, l'autre me fera toujours douter. »

À ce moment, le bélier quitta le chemin sur lequel nous étions et s'engouffra dans la forêt. J'eus l'impression que c'était un signe du destin. Devais-je continuer seule sur le sentier tracé ou le suivre vers l'inconnu ? En même temps, je n'avais pas envie de quitter mon nouvel ami, donc je le suivis. Après une heure de marche dans la forêt, alors que le soir commençait à empiéter sur le jour, j'étais toujours avec le bélier. La température s'était de nouveau rafraîchie et je doutais de plus en plus de mon choix. Après tout, il fallait vraiment être *bête* pour suivre un animal sauvage en pleine montagne, et d'autant plus sur le mont Pilate. D'après les histoires de ma grand-mère, les farfadets et les lutins n'étaient pas toujours très heureux de voir des humains faire du tourisme chez eux. À vrai-dire, j'étais surtout inquiète de devoir passer la nuit ici et de ne pas réussir à retrouver ma route.

Une grotte apparût, nous y entrâmes. La roche était un peu humide et différentes herbes poussaient sur le sol, il y avait beaucoup de sauge. Un petit filet d'eau s'était frayé un passage jusque dans cette cavité rocheuse et avait créé une flaque d'eau transparente. Je m'en approchai et y observai mon reflet. Une goutte d'eau tomba du plafond et forma une onde dans la flaque. Mon visage disparut. J'aurais facilement pu m'asseoir et me reposer quelques instants dans cette petite pièce, et j'en avais d'ailleurs bien envie, mais cela ne me paraissait pas raisonnable. Le bélier dut lire dans mes pensées, car quelques secondes plus tard, il se coucha et s'endormit. Je l'observai un instant en attendant qu'il se relève afin que nous puissions continuer, mais il ne bougea pas. À ce moment, je me sentis vraiment stupide. Croyais-je sincèrement que venir passer une semaine dans les Alpes allait me transporter dans un conte de fée ? J'avais été naïve.

Je laissai donc le bélier dans sa grotte et me remis en direction du sentier que j'avais quitté plus d'une heure auparavant. Il faisait froid, il faisait nuit, j'étais seule et la montée était rude. Cette petite fantaisie me fit perdre au moins trois heures avant que je ne puisse simplement retrouver ma route. Il devait être deux heures du matin, j'étais épuisée, mes pieds semblaient avoir gonflés dans mes chaussures, mon sac était lourd ; je n'avais qu'une hâte, pouvoir aller me coucher. Bien qu'au fond de moi je sache que ce bélier n'avait rien fait de mal, je lui en voulais car je lui avais demandé d'être mon guide et qu'il avait fait totalement l'inverse.

Une vingtaine de minutes plus tard, au bout du sentier, j'aperçus quelque chose bouger dans les arbres.

Mon extrême fatigue m'empêchait de réagir par le stress, comme je l'aurais fait en temps normal. Je m'arrêtai donc, et le vis ; le bélier était là ! J'eus du mal à savoir tout de suite si c'était le même, mais après quelques coups d'œil, je dus me rendre à l'évidence. Il m'avait peut-être suivi pendant tout le trajet. Le revoir m'irritait.

Il me fit un signe de la tête comme pour me dire bonjour, ou au revoir peut-être, puis s'évanouit à nouveau entre les arbres. Je m'avançai et l'observais s'enfoncer dans la forêt. Il ne m'avait pas suivie. La grotte était juste là, à quelques minutes à pied de la fin du trajet. J'avais beau être trop fatiguée pour paniquer à propos des bruits étranges que je pouvais entendre, je ne l'étais pas assez pour ne pas m'en vouloir.

**

Je marchais encore un peu, puis vis enfin un signe d'activité humaine. Un petit chalet se dressait en ce début de vallée, puis en vint un deuxième, un troisième, et enfin un village entier. Ces lieux m'étaient familiers. Je me trouvais de nouveau là d'où j'étais partie le matin même, ou plutôt la veille : à Alpnachstad.

La nuit avait transformé ma vision, ou peut-être était-ce tout ce que je venais de vivre qui l'avait fait ? Le petit village obwaldien était beaucoup plus calme. Les fenêtres étaient devenues sombres, les rues vides ; les lampadaires et la lune étaient les seules sources de lumière. Quand j'étais arrivée dans cette ville mignature une quinzaine d'heures plus tôt, c'était comme si elle n'existait pas. Je n'avais fait attention ni aux habitants, ni aux maisons qui les abritaient. Maintenant que mon esprit était vidé de toute pollution, cela dû à mon extrême fatigue, je me sentis comme dans un espace-temps parallèle ; il était trois heures et demie et l'endroit le plus proche où je savais que je pouvais aller dormir était à une demi-heure de marche.

Je m'assis sur un banc. Le silence était absolu. Celui de mon esprit était le plus apaisant.

Je levai la tête et regardai le ciel. La première constellation que je reconnus fut la Grande Ourse. En observant du côté de l'ouest, je vis celle du bélier et repensai à mon ami que je ne reverrai probablement jamais. Il m'avait accompagné durant toute la journée et en le voyant dans le ciel, je me sentis protégée, comme s'il était toujours là, à garder un œil sur moi.

Je fermai les yeux en pensant à lui. Bien que je doute du fait qu'il puisse entendre mon message, un mot résonna fortement dans mon cœur. J'aurais aimé pouvoir le lui dire plus tôt :

« Merci. »

Mercredi

Il était six heures trente et j'étais toujours sur le banc, je m'étais endormie. Jamais je n'aurais cru dormir dehors, mais il y avait bien une première fois à tout. J'eus l'impression qu'en un clin d'œil, tout mon univers avait changé. Le soleil s'était levé ainsi que les habitants d'Alpnachstadt.

J'avais la bouche pâteuse, les cheveux sales, la peau grasse. En rapprochant le nez de mes aisselles, je m'aperçu de mon niveau de propreté, inexistant. J'étais dans une sorte d'état parallèle qui, malheureusement, était beaucoup moins enivrant que celui que j'avais vécu les heures précédentes. Je m'étais transformée en une sorte de zombie puant et ne savais plus trop où j'en étais. Tant bien que mal, je me mis en marche pour la gare et pris le train jusqu'à Sarnen.

***

La maison n'avait pas changé. Ses murs en bois massif, ses fenêtres typiquement suisses, sa porte accueillante, son paillasson « Willkommen », tout était resté identique à mes souvenirs. Je baillai. Mon reflet dans l'une des vitres me fit un peu honte. Je défis mes cheveux et les recoiffai du mieux que je pouvais, puis me grattai les yeux et vis du noir sur mes doigts, mon mascara avait coulé … Je sonnai. Personne n'ouvrit la porte. Il était sept heures du matin et ils ne savaient pas que j'allais arriver. Ils n'étaient peut-être même pas là, je ne m'étais pas bien organisée du tout, à vrai dire, j'étais un peu honteuse d'arriver comme cela à l'improviste, j'allais sûrement les réveiller. Comment allaient-ils réagir en me voyant sur leur palier ? Ils allaient certainement s'énerver. Après tout, ils en avaient toutes les raisons. En fait j'étais sûre qu'ils n'étaient pas là. Ils devaient être en vacances dans un pays lointain, sous un cocotier. Comme j'aurais aimé pouvoir me coucher dans un hamac, sur une de ces îles paradisiaques où le sable est blanc et la mer turquoise. Je fermai les yeux et m'imaginais à l'autre bout de la planète, à Tahiti ou en Indonésie peut-être.

« Bonjour Roxanne ! Mais qu'est-ce que tu fais là ? À cette heure en plus !

- Bonjour Grossmami[2]... Je t'expliquerai tout ça plus tard si ça ne te gêne pas. Est-ce que je peux entrer ? »

Je dis bonjour à mon grand-père et demandai si je pouvais aller dormir un peu avant de leur raconter la raison de ma venue. Les draps sentaient bon. Le matelas était moelleux. Je fermai les yeux.

***

En regardant le réveil sur ma table de chevet je vis qu'il était quinze heures. Mes grands-parents n'étaient plus là, ils faisaient certainement leurs courses. Je pris un plaisir incroyable à me doucher ; l'eau était chaude et le

---

[2]   Grand-maman en suisse-allemand

gel douche *Ushuaia* me téléporta brièvement sur l'une de ces plages vues sur *instagram*. Après m'être décrassée le corps, j'allai dans le salon. Enfin, mes grands-parents rentrèrent et je leur racontai toute mon aventure de la veille. Ils furent assez étonnés de mon histoire mais ne semblèrent pas convaincus par mon idée de voyage initiatique. Mon grand-père ne comprenait toujours pas pourquoi je n'avais tout simplement pas choisi de faire des études de médecine, de droit, voire même de lettres, dans le pire des cas. Il trouvait ma mère irresponsable de me laisser prendre ce genre de décisions. Evidemment, il ne dit rien de ce qu'il pensait mais je le connaissais assez bien pour le deviner. Ma grand-mère n'était probablement pas plus convaincue que lui, mais elle essayait tout de même de se mettre à ma place. Bien qu'ils n'aient compris ni l'un ni l'autre réellement l'état dans lequel je me trouvais, ils se montraient patients et bienveillants à mon égard. Après avoir expliqué mes raisons, mon grand-père repartit dans sa chambre. Ma grand-mère quant à elle sortit un vieil album photo.

« Regarde, voilà la plus vieille photo que j'ai, elle a mon âge. Le bébé que tu vois là, c'est moi, et à ma droite c'est ma mère. Nous étions trois enfants. J'étais la première, après il y a eu ma sœur Irma, puis mon frère Patrik. Ma grand-mère avait onze frères et sœurs, la famille était vraiment grande. Les temps ont bien changé », dit-elle d'un ton nostalgique.

« Effectivement, les temps ont bien changé. Avec la moyenne d'un enfant et demi par femme en Suisse, c'est clair que la descendance ne sera pas aussi vaste. Dis-moi, le collier que ta mère porte sur la photo, est-ce que tu l'as encore ? J'ai l'impression de l'avoir déjà vu.

- Oui, c'est un bijou de famille, mon arrière-grand-mère le portait déjà » , me répondit-elle en allant ouvrir l'armoire en verre en face du canapé.

Elle prit une petite boîte métallique et en sortit délicatement le précieux objet. Le collier était fait d'une fine chaînette en or et d'un pendentif dans lequel était incrustée une améthyste. Je l'avais effectivement déjà vu puisque ma grand-mère le portait lors d'occasions spéciales. La dernière en date avait été une réunion de famille pour fêter ses cinquante ans de mariage, nous avions été alors tous invités à manger au restaurant. Ce collier avait une signification vraiment particulière pour elle, c'était un souvenir de sa mère qui l'avait quittée un bon nombre d'années plus tôt. Ce bijou était un gardien du passé, un portail lui permettant de rester unie à ses ancêtres à travers le temps, une matérialisation du lien pour qu'il ne s'efface jamais.

« Tu sais ce que représente l'améthyste, Roxanne ? » me questionna-t-elle, alors que je scrutais la relique.

« Une de mes amies en a toujours une autour du cou, c'est censé l'aider à se concentrer je crois. Elle m'a dit que ça pouvait aussi nous permettre de mieux nous souvenir de nos rêves. Je ne vois pas trop en quoi un caillou pourrait faire cela, mais bon...

- Tu sais ta copine n'a pas totalement tort. Les pierres ont toujours été utilisées pour aider les gens et on leur a toujours prêté certaines vertus. Je ne dis pas forcément que cela guérit du cancer, mais je pense que nos ancêtres ne faisaient pas les choses au hasard. En tous cas, je me souviens beaucoup mieux de mes rêves quand le collier est près de moi.

- Pour moi tout ça, ce sont des superstitions. Je pense que les pierres fonctionnent surtout grâce à l'effet placebo.

- L'effet placebo ?

- Grosso modo, quand tu crois que tu prends un médicament, même si ce n'est en fait qu'un bonbon, tu peux quand même guérir. Ce qui te soigne, ce n'est pas le principe actif mais la croyance de son efficacité.

- Effet placebo ou pas, ma grand-mère me disait toujours que les améthystes aident à acquérir de la sagesse. Tu nous as expliqué que tu voulais trouver ta voie pendant ton séjour ici, alors prends le collier. Ton arrière-grand-mère me l'a offert quand j'avais ton âge, j'ai toujours été très attachée à ce bijou mais je pense que le temps est venu de le transmettre. »

Je ne m'attendais pas à ce qu'elle me le donne. Je me tournai, levai mes cheveux de sorte qu'ils soient au dessus de ma nuque et ma grand-mère attacha l'amulette à mon cou.

« Tu sais, je ne crois pas trop dans les pouvoirs magiques de cette pierre, mais si elle peut m'aider à y voir plus clair lors de ce voyage, je t'en serai vraiment reconnaissante.

- L'effet placebo. » me répondit-elle, un sourire au coin des lèvres.

***

Le soir allait bientôt tomber et je décidai d'aller au lac. Les couleurs aériennes du coucher de soleil se matérialisaient dans leur reflet liquide ; ce qui était en haut se confondait avec ce qui était en bas. Le soleil de plomb s'était transformé en or et les montagnes avaient revêtu leur cape d'émeraude. L'air chaud enveloppait mon corps, je l'immergeai dans l'eau. Après la douche que j'avais prise plus tôt dans la journée, ce fut comme si cette eau descendue des hauteurs me purifiait en profondeur. Le crépuscule s'intensifia.

Les lumières célestes firent leur apparition alors que le ciel rose se teintait d'un bleu de plus en plus foncé. Cette nuit-là, il pleuvait des étoiles filantes. Alors que l'une d'entre elles passait au-dessus de ma tête, le lac de Sarnen commença à s'illuminer. Un éclair solaire jaillit de ses profondeurs. L'eau se métamorphosa en un kaléidoscope réfléchissant cette lumière interne, comme si l'étoile filante avait réveillé son homologue enfoui dans la terre. Les montagnes entourant le lac se transformaient elles aussi ; cette étrange lueur les faisait apparaître sous un nouveau jour. Les couleurs ordinaires des Alpes étaient devenues plus vives, plus brillantes, plus vivantes. Mon corps lui aussi, immergé dans cette masse lumineuse, changeait d'apparence. Chaque pore de ma peau me semblait incrusté de diamants. Ce spectacle était d'une beauté indescriptible.

En clignant des yeux, tout disparut. Cette apparition s'était évaporée en un millième de seconde, mais quelque chose avait changé en moi. Ma conscience était différente.

***

Je sortis de l'eau paniquée, ne comprenant pas ce que je venais de vivre ; cela dépassait ma raison et je ne pouvais pas m'empêcher d'y repenser. J'étais incapable de savoir si j'avais vécu quelque chose de surnaturel, ou si c'était mon cerveau qui avait eu un problème. Peut-être étais-je en train de devenir folle ? Que se passait-il ? Etais-je malade ? Mon cœur battait à toute allure. Je ne voulais en parler à personne. J'étais seule. Je remettais soudain tout en question : avais-je vraiment vu ce dont je me souvenais ? Non, ce n'était pas possible. Plus j'essayais de me remémorer mon expérience, plus elle s'effaçait de ma conscience. Il s'agissait sûrement d'un faux souvenir, comme ma sœur qui prenait certains rêves qu'elle avait faits plus jeune pour la réalité. Mon environnement s'obscurcissait. Même si j'avais été la veille, des heures entières au fin fond de la forêt en plein milieu de la nuit, l'atmosphère actuelle était bien plus inquiétante. J'avais l'impression que les arbres m'observaient. J'étais vraiment seule. Personne n'était là s'il m'arrivait quelque chose. J'accélérai. Les lueurs derrière les fenêtres étaient lointaines, les rues vides et l'air froid. Tout à coup, j'entendis un bruit ; quelque chose bougeait dans les arbres. Mon cœur battait aussi vite que celui d'un moineau et mes dents se serrèrent violemment. Ce n'était rien, un simple corbeau. Je continuai ma marche.

Au loin, un homme arrivait dans ma direction. Alors qu'une présence humaine aurait dû me réconforter, voir ce *gaillard* se rapprocher de moi me rendit encore plus anxieuse. Que se passerait-il s'il avait de mauvaises intentions ? C'était la nuit et j'étais la seule âme qui vive en dehors de lui dans cette rue, il pouvait m'agresser sans que personne ne puisse le voir. Je pris la clé de la maison entre mon index et mon majeur au cas où je doive me défendre. Plus nous nous rapprochions, plus le stress logé dans mon plexus augmentait. Il était à quelques mètres, puis à quelques centimètres de moi. Ma main se crispa sur la clé.

Il me passa à côté et continua son chemin. Je me mis à respirer fortement. Heureusement, il ne s'était rien passé. Pourquoi avais-je été inquiète pour si peu ? C'était Sarnen, pas Caracas.

J'entrai dans la maison familiale et fis comme si de rien n'était. Pourquoi avais-je voulu me lancer dans ce périple ? Je croyais qu'il s'agirait d'une simple marche qui m'aiderait à réfléchir à mon avenir. Comment la vision que j'avais eue dans le lac avait-elle pu se produire ? Etait-ce l'améthyste qui avait provoqué cela ? Toutes mes croyances étaient chamboulées, je ne savais plus quoi penser. Jamais je ne m'étais sentie aussi perdue ; c'était comme si mon cerveau s'était transformé en un labyrinthe. Etais-ce moi ou mes pensée qui n'en trouvaient pas l'issue ? Une profonde angoisse s'empara de moi. Mon corps se raidit, tout ce que je voyais devint flou, et des larmes de panique me montèrent aux yeux. Y avait-il un problème chez moi ? Avais-je une maladie mentale ? Est-ce que j'existais ? Est-ce que le réel lui-même existait ? Je me noyais sous une infinité de questions philosophiques et métaphysiques et fus prise d'un grand vertige. J'avais l'impression d'être enfermée dans mon propre cauchemar. J'étais désespérée et personne ne pouvait me comprendre. Je me rapprochai du miroir et observai mon visage. Plus je le regardais, plus je le trouvais étrange, difforme, *irréel*. Il disparaissait graduellement jusqu'à se métamorphoser en un trou noir, un vide intersidéral froid et lointain.

Je baissai les yeux et vis l'amulette. Dans mon désespoir, je la pris entre mes doigts et commençai à parler à mes ancêtres, ces autres femmes des générations passées qui l'avaient portée avant moi. Il s'agissait en fait plus d'un appel à l'aide que d'une réelle discussion. Sur la table de chevet où était posé le miroir se trouvaient trois vieilles photos. L'une d'entre elles était celle de mon arrière-grand-mère : elle posait devant un fond bleu et avait le regard serein. J'étais un peu apaisée par cette image. Je m'assis sur le lit et continuai de regarder cette femme à laquelle les liens du sang me rattachaient. Il y avait une petite bibliothèque en face du lit, je m'en approchai et regardai les livres qui la composaient. L'un d'eux était un recueil de contes que je connaissais bien. Je le pris et commençai à le lire. J'avais besoin de me raccrocher à quelque chose de rassurant, de familier.

Le rêve de la chance[3]

Il était une fois un fermier du nom de *Seppetoni Kuhschwanz* (nous le traduirons par Seppetoni Queuedevache). *Il vivait aux côtés de sa femme à Grindelwald, un petit village de l'Oberland bernois. Tous les villageois se moquaient de lui à cause de son nom si ridicule. Seppetoni en était très honteux et son vœu le plus cher était de s'appeler différemment.*

Un beau jour, il décida d'aller chez le maire de Grindelwald pour voir s'il était possible qu'il change son nom. Malheureusement, une telle opération lui aurait coûté au moins cent Thalers, et il n'en disposait même pas d'un. Il rentra donc bredouille et alla dormir. Alors qu'il ronflait tranquillement sous ses draps, une voix lui fit part d'un message mystérieux. Dans son rêve, elle lui disait : « À Thun, sur le pont Sinnebrügg, c'est là que réside ton bonheur ». Le lendemain matin, il raconta cette étrange expérience nocturne à sa femme, et alors qu'il était déjà fin prêt pour aller à ce fameux pont, voilà que cette dernière lui rétorqua : « Qu'est-ce que tu vas faire à Thun ? Marcher des heures et user tes chaussures pour ne rien trouver au bout ? Non, on a des choses beaucoup plus importantes à faire ici. » Elle faisait partie de ces gens qui pensent avoir toujours raison. Seppetoni resta donc à Grindelwald et travailla dur toute la journée.

La nuit suivante, il fit exactement le même rêve. Le lendemain, alors qu'il se préparait pour aller à Thun, sa femme lui répéta encore une fois qu'il ne fallait pas qu'il y aille. « Les rêves ne veulent rien dire. Va plutôt couper du bois pour notre

[3] Der Glückstraum - Schweizer Märchen – Trudi Gerter/ Andreas Jenny

cheminée, tu seras plus utile. » Encore une fois, Kuhschwanz écouta son épouse.

La nuit d'après, il refit ce rêve pour la troisième fois. « À Thun, sur le pont Sinnebrügg, c'est là que réside ton bonheur », lui disait cette mystérieuse voix. Dès qu'il se réveilla, alors que le soleil n'était pas encore levé, il s'habilla et partit pour Thun. Sa femme dormait encore à poings fermés, elle ne put donc rien lui dire. Au levé du soleil, il se tenait déjà devant le Sinnebrügg plein d'espérance, mais totalement seul et ne sachant pas ce qui l'attendait. Il regardait les poissons nager dans l'eau et les oiseaux voler dans le ciel, ce qui lui fit passer le temps jusqu'à midi. Comme il commençait à avoir faim, il prit un morceau de pain dans sa poche et le mangea. Il avait beau attendre là depuis un bon nombre d'heures, il ne se passait toujours rien. Le temps s'écoulait et sa patience aussi. « Ma femme va bien me gronder à cause de tout ce temps perdu... Je n'ai vraiment aucune envie de retourner chez moi » se disait-il. Enfin, déçu de sa défaite et honteux de sa naïveté, il se leva et se prépara à rebrousser chemin. Dès qu'il se fut levé, la voix de son rêve retentit à nouveau dans sa tête : « À Thun, sur le pont Sinnebrügg, c'est là que réside ton bonheur ». Il resta donc debout, à l'affût, jusqu'à ce que le soleil se couche. Tout à coup, un berger et ses brebis apparurent. « Que fais-tu là ? Qu'as-tu dans la tête pour rester ici toute la journée sans bouger ? », demanda-t-il à Seppetonni. Celui-ci lui expliqua qu'il avait entendu le même message durant trois nuits et qu'il était venu jusque-là pour que ce rêve se réalise. Il attendrait donc jusqu'à ce qu'il trouve son bonheur. Le berger rit beaucoup et lui dit : « Oh mon pauvre ami. Tu sais, j'ai moi aussi rêvé de nombreuses nuits que je devais aller à Grindelwald, chez un certain Seppetoni Kuhschwanz, pour trouver un coffre rempli d'or caché derrière son poêle. Mais je ne suis pas assez bête pour y croire, qui donc pourrait avoir un nom pareil ? »

À ces mots, Seppetoni dit au revoir au berger, prit ses jambes à son cou, et courut jusqu'à ce qu'il arrive chez lui. Il cassa le mur derrière son poêle et y trouva effectivement un trésor. Il s'agissait d'un pot rempli de Thalers en or ! Heureux de sa réussite, il s'engouffra sous ses draps, aux côtés de sa femme déjà endormie dans le plus paisible des sommeils.

À partir de ce jour, Kuhschwanz devint le fermier le plus riche de toute la région. Il avait désormais assez d'argent pour changer de nom et prit celui de Hannes Maximilian Edelmann.

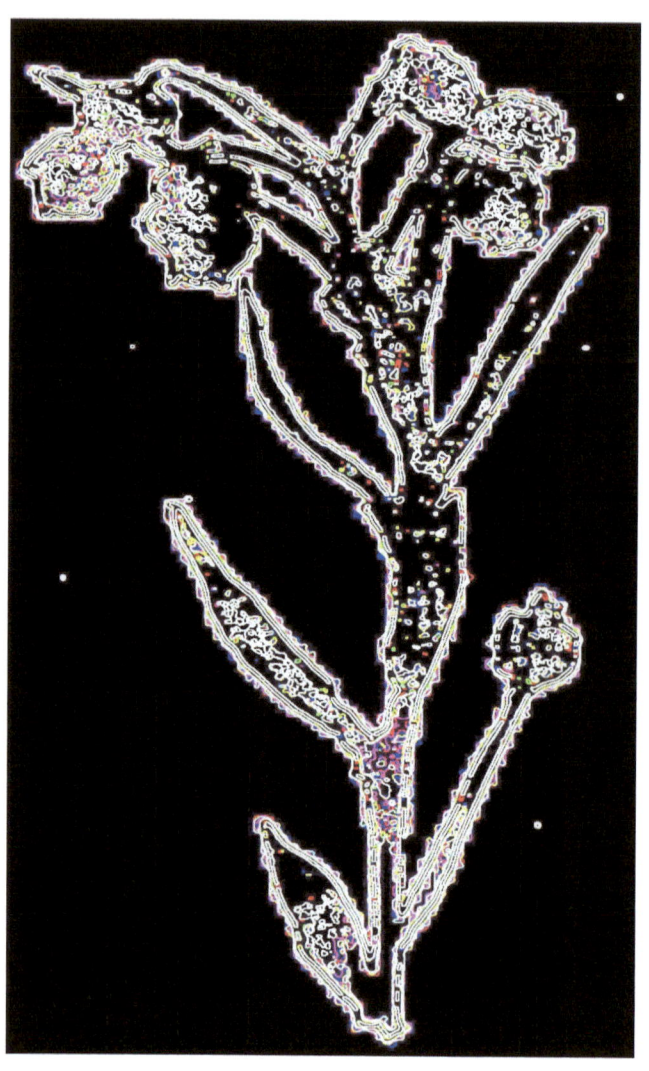

Jeudi

Le soleil s'était levé. Le livre de contes resté là, posé au bord de mon coussin. La nuit m'avait un peu remis les idées en place, je n'étais plus aussi angoissée que la veille, mais une sorte d'amertume subsistait en moi. Je savais que ce qu'il s'était passé mercredi au lac était réel, en tout cas dans ma tête, et je ne pouvais tout simplement pas l'ignorer. Mon état intérieur n'était plus aussi intense, mais je me sentais tout de même perdue. Je n'avais pas envie de continuer cette marche, ni de rentrer chez moi d'ailleurs. Je n'avais envie de rien. Juste m'endormir, m'enfuir dans mes rêves et ne plus me réveiller.

Ma grand-mère ouvrit la porte et me demanda ce que je voulais manger pour le petit déjeuner. Il était sept heures. Sa venue m'énerva, j'aurais préféré rester seule.

« Alors Roxanne, où vas-tu aujourd'hui ? » me demanda-t-elle calmement.

« J'avais prévu d'aller au Flüeli Ranft.

- Quelle bonne idée ! J'ai un petit livre sur Saint-Nicolas de Flüe que j'avais acheté il y a des années, prends-le avec toi. »

Effectivement, c'était un petit livre, d'à peine cinquante pages. Je n'allais sûrement pas l'ouvrir, mais je le mis tout de même dans mon sac, histoire de lui faire plaisir. Nous mangeâmes quelques tartines et je partis.

Au bout d'une heure de marche, je me trouvai déjà là-haut. Sur ma gauche, à une cinquantaine de mètres, se tenait le fameux grand hôtel rouge dans lequel j'étais si souvent venue petite. Il s'appelait le *Paxmontana*. Je me demandai s'il y avait vraiment assez de touristes pour remplir un bâtiment aussi grand dans un lieu de pèlerinage qui, me semblait-il, n'était pas aussi connu que cela. Je pris place sur la terrasse et demandai un chocolat chaud. Je me trouvai sous un parasol, au bord du grillage surmontant un petit ravin. D'ici, la vue était splendide : la montagne en face de moi se teintait de différentes nuances de vert, on y distinguait une vieille tour et plusieurs chalets. Dans ce cadre idyllique, et je me mis à imaginer ces paysages à travers les époques et les saisons. Il y eut un temps où la Suisse était vide de constructions, un temps où les animaux, les plantes et les arbres étaient les seuls occupants de ces grandes étendues. J'en étais un peu nostalgique, mais en même temps, vivre à notre époque était une belle chose, pour les humains tout au moins. Enfin, pour les humains étant nés au *bon* endroit, dans la *bonne* famille, avec le *bon* sexe, la *bonne* couleur de peau, la *bonne* orientation sexuelle et évidemment, avec suffisamment d'argent. Oui, notre époque était agréable mais pas pour tout le monde. En tous cas, je trouvai dans cet instant quelque chose de sacré. Contrairement à d'habitude, je n'avais pas envie d'appeler quelqu'un pour parler, ni même de regarder un film ou une série pour combler un manque. Mon esprit était silencieux, hors du temps et en paix.

En me levant de table, je me cognai maladroitement à une petite fille qui rentrait et elle tomba par terre. Cela me fit sursauter et je craignis qu'elle se soit fait mal. Je m'excusai et l'aidai à se relever ; heureusement qu'elle ne se mit pas à pleurer ! La fillette devait avoir une demi-dizaine d'années, parfaitement apprêtée ; elle portait une robe rose à paillettes assortie à ses ballerines, un serre-tête à fleurs et des collants dorés. J'aurais adoré cette tenue à son âge. Malheureusement, je m'étais rendue compte qu'en grandissant, la bienséance nous empêchait ce genre de coquetterie. Lorsque l'on est petit, tout est à découvrir et à observer, tout est neuf, et l'imagination est reine. Peu importe si l'on veut être une princesse, un éboueur ou un pompier, tout est possible et ce que nous ignorons nous fascine. Malheureusement, avec le temps, tout devient rationnel et le mystère disparait. Pourquoi perdons-nous si souvent cette curiosité et cette joie de vivre si caractéristique de l'enfance ? La mère me regarda d'un œil accusateur et entra dans le bâtiment avec sa fille.

***

Je ne savais pas vraiment pourquoi j'étais venue ici. La religion ne m'avait jamais intéressée et je l'assimilai plus à un outil de manipulation des masses qu'à quelque chose d'utile. Effectivement, les églises ornées de Christs ensanglantés, les prêtres pédophiles et nous, les *pauvres pécheurs* qui les accompagnaient, m'avaient toujours rendue réticente. Je n'arrivai tout simplement pas à comprendre pourquoi autant de personnes considéraient que tout ce qu'il y avait à savoir sur la vie figurait à l'intérieur d'un seul livre. Au cours de la Seconde Guerre mondiale, mon arrière-grand-mère avait perdu son fils, soldat de l'armée française tué lors d'une bataille sanglante. Alors qu'elle confessait sa douleur auprès du prêtre, il lui dit que c'était de sa faute ! Elle avait eu son fils avant de se marier et évidemment, l'Eglise voyait cela comme une des fautes les plus graves qu'une femme pouvait commettre. Elle ne fit donc jamais son deuil étant convaincue que la colère divine s'était abattue sur son enfant pour la punir de ses péchés. Je ne l'avais jamais connue, mais d'après ce que mon père m'en avait dit, ainsi qu'à travers les rares photos que j'avais vues d'elle, elle ne portait que du noir. Malheureusement, cette histoire tragique n'était pas la seule que j'avais entendue dans ma famille. Mon grand-père maternel avait aussi vécu dans une angoisse permanente à cause de l'Eglise catholique. Quand il était jeune, on lui avait inculqué que s'il n'allait pas à la messe tous les dimanches, il irait en enfer. Même en week-end avec ses amis, perdu au le sommet d'une montagne, il se levait en pleine nuit et marchait dans le froid, la neige et le vent, sur des kilomètres pour être sûr de ne pas rater la messe. Son sort en dépendait. Au bout de quelques années, il se rendit compte que la plupart des gens qui lui avaient inculqué cette croyance ne faisaient pas ce qu'ils disaient. À partir de ce moment, il rejeta complètement l'Eglise qui lui avait mis dans le cœur cette peur constante lui ôtant toute liberté de penser. Il s'est heureusement rendu compte de la supercherie, mais combien de gens vivent encore dans la peur de l'enfer aujourd'hui ? Toutes ces histoires avaient forgé ma vision de l'Eglise catholique, et je dois l'avouer, des religions en général. Je me demandais donc vraiment ce que je faisais ici, à l'endroit où un soi-disant Saint avait vécu. À part les belles montagnes encerclant le site, je ne voyais pas l'attrait qu'il pouvait avoir. J'étais venue parce que Saint Nicolas de Flüe était un peu la « mascotte » régionale. Il y avait des statues de lui devant chaque église et chaque boulangerie, je ne me voyais donc pas ne pas y aller. En fait, venir ici n'avait aucun intérêt.

Je marchai et regardai les quelques maisons formant le Ranft. Il y avait évidemment la maison familiale de Nicolas de Flüe. Je fis le tour des quelques pièces qu'elle renfermait et me dépêchai d'en sortir. Je me sentais coupable de contribuer à la popularité d'un lieu qui était sous la calotte du pape, ne voulant pas consentir à deux mille ans de lavage de cerveau, aux procès de sorcières, aux colonies et aux nombreuses guerres qui avaient pour drapeau celui du clergé. J'en avais marre de toutes ces violences, maquillées par les belles paroles du Christ ! Le pauvre, il était mort il y a deux millénaires et après être venu pour apporter des paroles de paix, il avait été utilisé pour justifier la haine. J'étais aussi fatiguée de l'image actuelle renvoyée par l'Eglise. Même si le pape François, premier du nom, modernisait la pensée du Vatican, qu'il semblait plus tolérant et renvoyait un meilleur reflet que les précédents, je restai braquée. J'avais vu un reportage à la télévision où les journalistes investiguaient sur la *pédocriminalité* au sein de l'Eglise, et j'en avais été choquée. Je croyais que François s'adaptait à notre époque et que la corruption ecclésiastique était loin derrière nous ; malheureusement je m'étais trompée. Il se trouvait que sur les dix personnes les plus puissantes de l'Eglise catholique, quatre étaient accusées d'avoir couvert des prêtres pédophiles. Les cardinaux du Chili, d'Australie, du Honduras et d'Allemagne connaissaient des prêtres qui avaient abusé sexuellement d'enfants, mais aucun d'entre eux ne les avait dénoncés. Le plus déconcertant dans cette histoire était que le pape François lui-même avait prétendument fait la même chose. En effet, alors qu'il était l'archevêque de Buenos Aires, il avait soutenu un prêtre pédophile, pire encore, il avait voulu l'innocenter alors que toutes les preuves étaient là pour le condamner. Même après que la justice ait condamné son ami, François ne s'excusa jamais auprès des victimes. Des dizaines d'entre elles lui avaient envoyé des lettres mais il les ignorait toutes. Comment le représentant de Dieu sur Terre, le *Saint-Père* pouvait-il agir ainsi? Comment les hommes sensés être les plus proches du Christ, ceux ayant des places *V.I.P.* au paradis, pouvaient-ils rester silencieux sur les pires atrocités commises sur des enfants? L'Eglise me dégoûtait et l'immunité dont bénéficiaient ses représentants, encore plus. J'étais plus qu'attristée de voir autant de gens mettre tous leurs espoirs et leur foi dans cette institution. Combien de personnes se déplaçaient chaque année pour aller voir le pape ? Combien accrochaient sa photo dans leur salon, leur cuisine et parfois même, toujours contre leur cœur : dans leur porte-monnaie ? Évidemment, les principes chrétiens étaient beaux, et associés à l'éducation, la tradition et l'environnement social, je comprenais bien que les gens se sentent proches de l'Eglise. Le pardon, l'aide à son prochain, la promesse d'un avenir meilleur après la mort et le non-jugement sont des valeurs auxquelles adhèrent la plupart des humains et sont, certes, transmises au travers des principes chrétiens. Mais est-il juste d'en réserver l'exclusivité aux préceptes d'une minorité religieuse ? N'y a-t-il pas assez de hiérarchies dans notre monde pour ne pas avoir à les appliquer au royaume de Dieu ?

Toutes ces questions trottaient dans ma tête pendant que je descendais le chemin m'amenant jusqu'à la petite chapelle accolée à l'ancienne cellule de l'ermite. Il y avait une nonne et une vieille dame qui y priaient. Dans la chapelle, la décoration était très épurée : sept ou huit rangées de bancs de prière, un chandelier tout droit sorti du Moyen Âge et bien sûr, un Christ en croix derrière l'hôtel. En face de moi se dressaient une statue de Saint Nicolas de Flüe et une Vierge à l'Enfant. Des tableaux étaient incrustés dans les murs de bois, tous légendés, ils racontaient l'histoire du Saint local. Je m'assis sur un banc et posai mes pieds sur une planche en bois dont je ne comprenais pas trop l'intérêt, mais ne m'en préoccupai pas davantage. Quelques instants plus tard, je vis la nonne s'agenouiller dessus et je compris enfin l'utilité de cette étrange objet. Je remis mes pieds sur le sol et observai le lieu. Que fallait-il penser de cette bonne sœur ainsi agenouillée devant la croix ? Elle avait dû sacrifier sa vie dans la société, s'abstenir sexuellement et faire tout un tas de choses que l'existence d'une bonne sœur implique. Pourquoi ? Je me doutais bien que la majorité des gens voulant devenir moines ou nonnes aujourd'hui devait être de bonnes personnes. Ils voulaient sûrement contribuer à aider le monde d'une manière ou d'une autre et avaient trouvé leur voie dans l'Eglise. Mais connaissaient-ils toutes ces histoires louches autour du haut clergé ? Non, certainement. Dans ce cas, ils ne pourraient pas sacrifier leur vie pour une telle institution. Bizarrement, l'image que j'avais d'eux était bien différente de celle que je m'étais faite du Vatican. Ils m'inspiraient pour la plupart une forme de sagesse et de bienveillance, malheureusement encore assez rare chez le commun des mortels. Peut-être que ma vision de l'Eglise catholique était un peu radicale. J'étais très confuse.

Je sortis de la chapelle et entrai dans la cellule du Saint. Il s'agissait d'un minuscule bâtiment très bas de plafond. Même moi, ne dépassant pas le mètre soixante, je devais me baisser pour ne pas me cogner la tête. Des tableaux et des messages étaient fixés sur les murs en bois et rendaient hommage à Nicolas de Flüe, décédé six-cents ans plus tôt. D'une manière ou d'une autre, leurs auteurs avaient ressenti son aide et son soutien à un moment de leur vie. Après avoir monté de petits escaliers, je me trouvais dans la réelle cellule du Saint. Deux fenêtres laissaient passer la lumière du soleil jusque dans la pièce, l'une donnait sur l'extérieur et l'autre sur la chapelle. Je n'avais pas remarqué cette ouverture quand j'y étais quelques minutes plus tôt. Un banc était posé contre le mur et de petits escaliers très raides descendaient dans une cavité abritant un four. Le plafond était encore plus bas qu'à l'entrée et je me sentais un peu étouffée. À ce moment, un orage éclata. Une pluie torrentielle s'abattit sur le Ranft et un énorme coup de tonnerre se fit entendre. Evidemment, je n'étais pas du tout préparée à ce genre de météo et n'avais rien sur moi pour me protéger. Je décidai donc de rester là, assise sur le banc et observant la pluie déferler sur le sol. L'odeur de la terre mouillée était chaleureuse. Je me retrouvais dans de lointains souvenirs d'enfance où j'allais marcher en forêt avec mon oncle et ma tante. Nous allions cueillir des champignons et certaines plantes pour en faire du thé, et même si je n'aimais pas particulièrement ces deux ingrédients, le fait de les avoir ramassés moi-même dans la forêt en changeait le goût. En étant seule dans cette grotte, je me sentais entourée. Ma tante, mon oncle, ma petite sœur ; tous semblaient être là à mes côtés.

Ne sachant pas combien de temps cette pluie m'empêcherait de sortir, je pris le livre que ma grand-mère m'avait prêté en début de journée. Il était vieux et un peu poussiéreux.

***

Ici, près de six-cents ans plus tôt, vivait Nicolas de Flüe, un simple paysan illettré comme il y en avait beaucoup. Il se maria à Dorothée Wyss alors qu'il avait trente ans et construisit leur maison. Après qu'ils eurent eu dix enfants, Nicolas sentit un appel intérieur devenir de plus en plus fort. Durant deux années il fut tiraillé entre sa famille qu'il aimait

49

et son besoin de se défaire des attaches terrestres. Non sans peine, Dorothée voyant son mari sombrer dans la tristesse, lui donna son accord pour qu'il les quitte. À partir de ce jour, il put enfin vivre la vie d'ermite qui l'appelait tant. L'amour le liant à ses enfants et particulièrement à sa femme ne fut pas brisé, mais Nicolas ne pouvait plus se consacrer à une vie de famille comme auparavant. Il prit la direction de Bâle avec l'intention de quitter la Suisse et passa une nuit à la belle étoile. C'est là qu'il comprit qu'il devait rester dans son pays. Il retourna donc au Ranft et s'établit au fond d'un ravin près de la rivière. Il resta à cet endroit pendant une année, dans la pauvreté et soumis aux aléas des saisons, puis les villageois lui construisirent une petite chapelle et un abri en pierres. Il passait ses journées à y méditer et d'après la légende, il aurait jeûné à partir du jour où il s'installa dans le ravin, et aurait continué jusqu'à sa mort, à septante ans.

Ne sachant ni lire, ni écrire, il ne laissa pas de réels documents traduisant sa pensée. Il existe pourtant deux témoignages de sa vie intérieure, chacun aussi simple que mystérieux. L'un est le dessin d'une roue à six rayons qu'il avait présenté à un pèlerin comme « son livre ». Le deuxième est une prière :

Mon Seigneur et mon Dieu,
éloigne de moi tout ce qui m'éloigne de toi.

Mon Seigneur et mon Dieu,
donne-moi tout ce qui me rapproche de toi.

Mon Seigneur et mon Dieu,
détache-moi de moi-même pour me donner tout à toi.

***

La pluie et le tonnerre s'intensifiaient et quelques gouttes d'eau trouvèrent le moyen de m'atteindre; je m'écartai un peu. Le bois se mit à grincer à l'entrée de la cellule, je tournai la tête et vis la nonne qui priait dans la chapelle :

« Grüezi », lui dis-je tranquillement.

Elle hocha la tête et me sourit, puis s'assit à mes côtés, sur le banc de l'ermite. J'en ressentis une légère gêne. Devais-je engager la conversation ? Garder le silence ? Après quelques minutes d'intenses réflexions, elle prit la parole :

« Je vous ai vu dans la chapelle, avez-vous une demande particulière à faire à *Bruder Klaus* ?

- À vrai dire, je ne sais pas trop. Non. Enfin... Je dois vous avouer que je ne suis pas vraiment croyante. »

Elle rigola timidement et me regarda d'un petit air malicieux.

« Oui, cela ne m'étonne pas. Je vous ai vu mettre vos pieds sur le prie-Dieu vous savez. Mais ne vous inquiétez pas, je ne pense pas que le Seigneur vous en veuille pour autant. »

Cette fois, ce fut moi qui rigolais, mais d'un rire plus nerveux que joyeux.

« Êtes-vous baptisée ?

-	Non », répondis-je un peu honteuse. Je me sentis prise en flagrant délit, comme si elle avait découvert que ma place n'était pas ici.

« Mais alors de quelle religion faites-vous partie ? », demanda-t-elle un peu étonnée

« Je suis athée. Non, plutôt agnostique je dirais. »

Elle me scrutait d'incompréhension.

« Excusez mon impolitesse, mais alors, qu'est-ce qui vous amène ici ? »

La question que je redoutais tant... Je pris une grande inspiration :

« Je ne sais pas trop. J'ai décidé de venir dans la région pendant sept jours pour faire une sorte de longue randonnée et je n'y ai pas trop réfléchi... Mais il est vrai que maintenant que je suis ici, je me sens un peu illégitime. J'espère que je ne vous offense pas par ma présence. C'est simplement qu'il pleuvait tellement fort, je n'avais que cet endroit pour me protéger. »

Elle me sourit et posa sa main sur mon dos :

« Vous savez, cet endroit n'est pas privé, vous n'êtes pas dans un couvent. Tout le monde a le droit de venir et je ferais très mal mon devoir si je vous excluais. »

Ses paroles me firent du bien. Je me détendais.

« C'est simplement que beaucoup viennent se recueillir près du Frère Nicolas, les gens ont toujours une raison de venir. J'essayais simplement de comprendre la vôtre.

\- J'essaye aussi de la comprendre », dis-je en rigolant, « mais je vous avoue que pour le moment, c'est un vrai trou noir.

\- Vous savez, je suis certaine que même si vous n'en connaissez pas la raison, Dieu a un dessein pour vous. »

L'orage ne s'arrêtait toujours pas. La bonne sœur et moi continuâmes de discuter. Elle me raconta comment elle était arrivée au couvent. Elle avait vécu dans une famille très pieuse et surtout très nombreuse. Lors de son adolescence elle sentit un appel devenir de plus en plus fort et elle sût que son départ pouvait rendre la vie de ses parents un peu plus légère. Elle entra donc au couvent. Au fil des années, elle s'était engagée dans de nombreux projets caritatifs et essaya de rendre le monde un peu meilleur. Je lui demandai si elle ne trouvait pas difficile de devoir renoncer aux relations de couple et au fait de fonder une famille ; elle me répondit que oui. Elle avait eu certains moments de doutes, parfois même des regrets, mais finalement c'était dans cette vie pieuse qu'elle semblait se plaire. Elle portait bien son titre de bonne sœur. Je la trouvais vraiment gentille, bienveillante, *bonne*. Même si je savais que la vie de nonne était impossible pour moi, je comprenais sa démarche. J'étais tout de même un peu sceptique quant à certains de ses arguments et aux nombreux passages bibliques qu'elle utilisait pour appuyer ses propos. Même si ses paroles avaient un caractère autoritaire, je lui décelais quelque chose que nous partagions: la quête du sens. Dans le contexte dans lequel elle avait grandi, la voie de l'Eglise était la seule possible pour combler son appel intérieur. Si elle était née au Tibet elle serait sûrement devenue nonne bouddhiste et si elle était venue d'un autre milieu social, peut-être aurait-elle intégré une « école des mystères » ? En l'écoutant me raconter son histoire, je la comprenais bien, mais en même temps, toutes ces institutions terrestres m'avaient tellement dégoûtées par leur manque de cohérence que je ne pouvais m'imaginer en faire partie. Rien que le fait qu'elles considéraient encore, au cœur de leurs hiérarchies, les femmes comme inférieures aux hommes me révoltait. Ceci renforçait bien mon idée que l'égocentrisme, les intérêts des uns et des autres ainsi que le manque d'intelligence étaient des filtres bien trop épais pour laisser passer le divin dans ce genre d'instances. Je n'avais jamais foncièrement exclu la possibilité de l'existence de Dieu, mais les représentations que j'en avais eues me paraissaient souvent tellement éloignées de ce qu'elles devaient être selon moi, que j'avais préféré toutes les exclure. De mon point de vue, tous les humains naissaient avec la capacité de discerner le bon du mauvais et le juste de l'injuste. Mais au lieu de les laisser développer eux-mêmes ce sens de la justice, de la bonté et du respect, on leur avait donné sur un plateau d'argent la *bonne* manière de se conduire. Ils se retrouvaient donc tous dans des dogmes les privant de leur sens critique, de leur empathie et de leur intuition, pour devenir totalement coupés de cette partie que j'aurais personnellement qualifiée de *divine*. Finalement, je trouvais que les religions ne connectaient pas l'humain au divin, mais qu'elles lui permettaient plutôt d'en mimer le lien.

Je me souvins d'une anecdote vécue plus jeune : mes parents, ma sœur et moi étions allés chez des amis et y avions rencontré un couple très impliqué dans leur paroisse catholique. Ils avaient fait un voyage à Rome pour aller voir le pape et nous racontèrent leur visite du Colisée. Ils se disaient horrifiés et très tristes pour les pauvres gladiateurs qui vivaient dans la Rome antique et évidemment, personne ne les contredit sur le sujet. Quelle ne fut pas ma surprise quand j'appris, un peu plus tard au cours du repas, qu'ils adoraient aller voir des corridas. Cela me fit vraiment prendre conscience de la dissonance cognitive de ces gens, et plus globalement, de celle d'une grande partie des croyants. Ils parlaient d'une manière très calme, avaient fait plusieurs pèlerinages, semblaient humbles et à l'écoute, mais au fil de la soirée, je me rendis compte du nombre d'incohérences qu'ils véhiculaient. Ils n'étaient pas réellement sages, ils n'en avaient que l'air.

Evidemment, je n'en voulais pas à ces gens car j'avais bien conscience que les humains étaient tous incohérents, sans m'exclure du lot. Cependant, d'après mon expérience, tout ce contexte « spirituel » aveuglait les pratiquants. Ils appliquaient plus ou moins bien les règles de bonne conduite qu'on leur avait inculquées et se référaient à ces mêmes règles pour juger de leurs actes. Ils n'étaient pas réellement connectés à leur bon sens et leurs émotions qui pouvaient *directement* leur permettre de distinguer le juste de l'injuste. Evidemment, il y avait des exceptions et certaines personnes, comme la nonne avec laquelle j'étais, ne s'étaient déconnectées ni de leur empathie ni de leur sens de la justice, mais combien étaient-ils ? Toutes ces institutions, pavées de bonnes intentions, avaient ce problème majeur : elles ne rendaient les gens ni responsables, ni matures, et encore moins libres. J'étais bien consciente que l'ensemble de notre société était basé sur ce principe, mais en venir à la conclusion qu'il régissait même ce qui devait être sage et spirituel me rendait vraiment triste.

Je ne dis évidemment rien de tout cela à la bonne sœur.

À mon tour, je lui expliquai ce que j'avais vu jusqu'à présent et lui avouai que j'espérais trouver ma voie en faisant cette marche. Je n'étais peut-être pas à la recherche du sens de la vie, mais il est certain que j'étais à la recherche du sens de la mienne. J'avais terminé le gymnase[4] et une année sabbatique se profilait devant moi pour m'aider à trouver ce que je voulais devenir. En même temps, devoir choisir un emploi sachant que j'étais censée le garder toute ma vie me faisait un peu peur. Mes idées étaient toujours très floues, il y avait tellement de domaines qui m'intéressaient ! Tout ce dont j'étais sûre, c'était que je ne voulais pas me corrompre, et j'espérais sincèrement que ce souhait n'était pas une simple lubie d'adolescente rebelle. Même

---

[4] équivalent du lycée en Suisse

si je ne savais pas comment j'allais y arriver et dans quel contexte, le plus important pour moi était de réussir à devenir quelqu'un de juste et de bienveillant. Je ne voulais pas que ma vie ne devienne qu'une suite de comportements égoïstes. Je souhaitais qu'elle soit également au service des autres ou, qu'en tous les cas, elle nuise le moins possible.

La nonne m'écoutait attentivement et en cet instant, je me sentis vraiment comprise. Elle me regarda dans les yeux avec une expression très tendre et me dit :

« Je ne sais pas quelle est ta voie, mais je suis certaine que tu la trouveras. Tes intentions sont pures et tes doutes sont grands. Je ne pense pas que tu sois venue dans cette cellule par hasard. Il y a six-cents ans vivait ici Saint Nicolas de Flüe, mais ça tu le sais déjà. Il a lui aussi été très tourmenté, cherchant ce qu'il devait faire de sa vie. Il aimait ses enfants, sa femme et ses amis, mais son cœur l'appelait à faire autre chose. Il a été très dur pour lui de faire son choix, mais sa foi a vaincu et il a décidé de venir vivre ici en ermite. Je me sens aussi très proche de lui pour cette raison, car même si je suis loin d'être une Sainte », dit-elle en rigolant, « je comprends bien ce problème. Peut-être es-tu en train de le vivre, toi aussi, en ce moment. »

Elle fit une petite pause et continua calmement :

« Tu auras toujours le choix. Tu pourras toujours choisir la vie que tu veux, mais chaque choix impliquera des conséquences et c'est bien pour cela que nous hésitons tant. Moi ce que je crois, c'est que Dieu sait ce qui est le mieux pour nous et qu'il nous parle à travers nos cœurs. Si nous l'écoutons, il se peut que nous sortions des sentiers battus et il est clair que nous serons alors confrontés à des difficultés que nous n'aurions probablement pas connues si nous étions restés sur le chemin que notre logique nous montrait. Mais en suivant cette voie, ce chemin qui ne peut être que le tien puisqu'il vient de toi et non de la société, je suis sûre que tu trouveras les réponses que tu cherches. C'est effectivement un choix difficile à faire, mais c'est celui que je pense avoir pris moi-même, et sache que Dieu ne m'a jamais lâchée. Ce n'est pas toi qui es allée vers Nicolas de Flüe, c'est lui qui t'a appelée, j'en suis certaine. Sache que je prierai pour toi et que j'espère de tout mon cœur que tu trouveras ta voie comme je pense avoir trouvé la mienne. »

Le soleil réapparut. Les nuages se dissipèrent et un arc-en-ciel qui me semblait venir de la Providence illumina le ciel. Encore une fois, j'avais l'impression que l'eau m'avait régénérée. Je n'avais passé que deux heures dans cette petite pièce mais il me semblait avoir vieilli de vingt ans, quelque chose se frayait un chemin en moi. Mon mental devenait de moins en moins bruyant et la paix s'installait. Cette bonne sœur m'avait dit ce que je devais entendre au moment où je devais l'entendre et ses mots m'avaient transformée. Evidemment, cela n'allait pas me convertir au catholicisme et je n'étais pas encore convaincue que Nicolas de Flüe m'avait appelée, mais ses paroles me semblaient pleines de bon sens. Cette idée selon laquelle Dieu avait un dessein pour moi restait tout de même assez vague. Je m'interrogeais sur la nature de ce Dieu qui laissait se propager autant de souffrances dans le monde. Où était la justice, où était la bonté pour les gens qui souffraient de pauvreté ou de maladie ? Le grand chef avait-il des favoris auquel il prévoyait une belle destinée pendant que les autres devaient se contenter d'une vie déplorable ? Ces questions restaient dans un coin de ma tête.

En rouvrant le petit livre de ma grand-mère, je me rendis compte que Saint Nicolas de Flüe avait été canonisé plus de quatre cent cinquante ans après sa mort. L'Eglise l'avait sûrement récupéré, ne pouvant se permettre de laisser les locaux admirer un homme non reconnue par son autorité. Ne sachant ni lire ni écrire, il n'avait jamais lu la bible. De plus, il critiquait sévèrement l'Eglise de son temps. Ces nouveaux éléments changèrent radicalement ma vision du Saint. Peut-être n'étions-nous pas si éloignés que cela, finalement ?

Vendredi

Le soleil s'était levé sur le Ranft. La bonne sœur avec laquelle j'avais sympathisé la veille s'appelait Anne-Marie et elle m'avait invité à passer la nuit dans son couvent. J'y avais rencontré d'autres nonnes et elles avaient partagé leur diner avec moi. La moyenne d'âge avait chuté d'au moins dix ans de par ma présence. Toutes n'avaient pas l'air heureuses de ma venue, mais je fus tout de même accueillie à une table pour le repas. Bien que Sœur Anne-Marie essayait de m'intégrer au mieux, passer d'une discussion en tête-à-tête avec une nonne, à un banquet avec trente d'entre elles changeait quelque peu la donne. Je m'étais sentie mal à l'aise. Avant le repas, elles avaient toutes récité le Notre-Père et j'étais évidemment la seule à ne pas le connaître. J'étais tiraillée entre mon refus du dogme et l'environnement dans lequel je m'étais mise. Je ne me sentais pas à ma place, et en y repensant, je pense que j'avais raison. Sœur Anne-Marie avait dû dire aux autres que je n'étais ni baptisée ni croyante, car dès que le repas fut terminé, une file de bonnes sœurs vinrent me faire les louanges du Christ. Elles me racontèrent toute sa vie, de sa naissance à sa résurrection, et insistaient sur le fait que c'était lui qui avait sauvé l'humanité par son sacrifice. Elles avaient ce besoin fort de me convertir et cela me gênait. Elles se sentaient investies d'un devoir envers Dieu et ne voulaient sûrement pas rater la moindre occasion pour aider de pauvres pécheresses comme moi à retrouver la lumière du Christ. En même temps, il fallait que je m'y attende. Même si Sœur Anne-Marie avait un bon cœur et qu'elle s'intéressait à moi, ses obligations envers l'Eglise restaient sa priorité. Elle aurait commis un péché en ne voulant pas me transmettre sa foi. Heureusement, j'avais pu aller me reposer peu de temps après et passer une bonne nuit.

Nous étions déjà vendredi. Il ne me restait que trois jours de randonnée et même si j'avais vécu beaucoup de choses, il me semblait impossible de trouver les réponses aux questions que je me posai. En ayant cette pensée, je me rendis compte que je ne savais même pas vraiment quelles étaient ces questions. Je pris une grande inspiration et sortis un carnet de mon sac-à-dos. Il ne me restait que trois jours et je voulais être la plus efficace possible. Je me munis donc d'un crayon et commençai à écrire.

« Qui es-tu ? D'où viens-tu ? Quelle est la raison de ton existence ? »

En écrivant ces mots, je me rendis compte de la portée de mes questions. J'étais en fait très naïve de penser que je pourrais trouver toutes ces réponses en trois jours. Les gens ne trouvent souvent pas leurs réponses même après cinquante, soixante, parfois cent ans d'existence. En même temps, je ne pouvais tout simplement pas continuer de vivre sans avoir une vague idée de tout cela. Je regardai par la fenêtre encore une fois, un aigle traversait le ciel, fermai mes paupières et m'imprégnai de l'odeur des herbes fraîches.

***

J'étais de nouveau en route. Beaucoup moins préoccupée que la veille, mon esprit était ouvert à ce qu'il allait découvrir. Mon sac-à-dos sur les épaules et mes chaussures de marche aux pieds, j'étais prête pour faire le plus long trajet de mon séjour. J'allais aller au Grütli. Je m'arrêtais de temps à autre pour observer les vaches ou pour cueillir des fraises des bois. En traversant les forêts, je m'amusais à imaginer où pouvaient bien être les repaires de sorcières et les maisons de nains. Je crus même voir une petite fée se balader entre deux sapins, mais dès que je me retournais, elle disparaissait. Ces êtres-là savaient très bien se cacher. La chaleur devenant de plus en plus forte, je m'assis sous un grand arbre. Il devait être une heure de l'après-midi et j'avais déjà fait un tiers du chemin à parcourir. Je me trouvais à la lisière d'une forêt, à l'entrée du Stanserhorn. Il avait gardé un petit chapeau enneigé et semblait veiller sur la vallée ; cette montagne devait être un vrai havre de paix pour le petit peuple. Les nymphes se baladaient de cascades en rivières et se laissaient parfois apercevoir au crépuscule, sur un rocher humide. Les elfes débattaient avec les arbres pour savoir comment mieux protéger leurs forêts et les lutins s'amusaient à faire sursauter les animaux. J'aurais adoré passer un séjour avec eux, mais ils n'aimaient pas beaucoup les humains, surtout depuis qu'ils étaient devenus dangereux. Je les comprenais. Mais la sagesse des fées aurait peut-être pu m'aider dans ma recherche. Peut-être m'aidaient-elles déjà ?

Je me levai et continuai ma route. Il faisait toujours aussi chaud mais je m'y habituais. Les paysages étaient tous plus beaux les uns que les autres : ces hautes montagnes, ces fleurs par milliers, ces arbres majestueux ; tout semblait remplir mon âme comme jamais auparavant. Alors que j'avais toujours eu le rêve de vivre dans une grande ville, j'étais en train de remettre ce projet en question. Peut-être étais-je faite pour vivre là, au cœur de la nature, là où mon corps pouvait retrouver son essence véritable. Je repensais au conte de ma grand-mère, celui avec le berger qui voulait épouser sa montagne, et comprenais beaucoup mieux son amour de l'alpage à présent. Mon besoin de savoir absolument ce que je voulais faire par la suite s'évaporait peu à peu. Je n'étais plus dans l'angoisse de devoir trouver mon chemin car je savais que j'étais au bon endroit au bon moment. Je savais profondément que je me trouvais exactement là où je devais me trouver. Un sentiment quelque peu étrange m'envahit, je ne stressais plus de savoir si mes choix allaient être les bons, car j'avais confiance : confiance en la vie. Je ne pouvais de toute façon pas prédire l'avenir, donc plutôt que de le craindre, ne valait-il pas mieux vivre dans l'instant ? Il était clair que je pouvais me tromper dans mes choix, mais cela ne me préoccupait plus. Le plus important était de vivre non ? Comment pouvait-on devenir plus sage sans avoir expérimenté ce qui ne l'était pas ? Et se retrouver si l'on ne s'était jamais perdu ?

En fait, j'avais peur de l'échec. Tout devenait plus clair et je comprenais enfin que c'était de cette peur qu'il fallait que je me défasse. À part moi, rien ni personne ne m'empêchait de devenir celle que je voulais devenir. J'avais la chance incroyable de vivre dans un environnement où je n'avais que très peu de contraintes en comparaison de beaucoup de gens sur cette planète, et je me créais des problèmes inexistants. Si j'étais née sous une dictature, dans un empire de la misogynie ou simplement dans un environnement très pauvre, je n'aurais même pas pu me poser ce genre de questions. N'étant pas dans ce cas, il était de mon devoir de faire quelque chose d'utile pour le monde, c'était du gâchis de m'en empêcher à cause de ces schémas mentaux défectueux. En acceptant la défaite, je n'en avais plus peur et je pouvais donc entreprendre ce que je voulais d'une manière beaucoup plus souple. Je pris vite un crayon et sortis mon carnet :

« Quelles sont les peurs t'empêchant de devenir celle que tu veux ? Comment t'en libérer ? »

Pour une fois depuis le début de mon séjour, j'arrivais à répondre à une question. Mais la peur de la défaite était-elle la seule que j'avais à surmonter ? Je continuais ma route, plus heureuse que jamais, car j'avais encore fait un pas en avant. Gentiment, je sentais que des réponses à ma toute première question allaient apparaître. J'étais ouverte à la vie et j'avais la confiance nécessaire pour surmonter les épreuves qu'elle allait me faire passer.

***

Un torrent apparut. Il commençait à pleuvoir encore plus fortement que la veille et je me retrouvais cette fois en pleine nature sauvage. J'étais sur le flanc d'une falaise, encore dans la forêt et il n'y avait évidemment aucune maison, ni aucun abri pour me protéger. J'étais seule. Des éclairs apparaissaient dans le ciel sans s'arrêter et étant entourée d'arbres, je commençai à avoir peur. Je couru le long du géant mur de pierre pendant au moins vingt minutes. L'eau semblait s'être incrustée jusque dans mes os et j'avais extrêmement froid. Je sortis mon téléphone portable pour voir où je me trouvais et pour essayer de joindre quelqu'un, mais il ne s'allumait pas. En plus des cascades d'eau que je me prenais sur la tête, une rivière de larmes apparut sur mes joues. J'étais effrayée. Au bout de quelques minutes de course effrénée, je vis une crevasse dans la roche, c'était l'entrée d'une petite grotte. Je courus m'y réfugier. En entrant, un amas d'araignées, de mille-pattes, de cafards et d'autres insectes volants comme jamais je n'en avais vu par le passé m'accueillit. J'étais perdue et sans espoir. Je ne pouvais plus rester sous un tel orage, mais le seul abri des environs était pour moi pire qu'un cauchemar. La grotte était étroite et je devais me baisser pour ne pas me cogner la tête. J'avais l'impression d'être dans un de ces instruments de torture dans lesquels on doit se tenir entre le debout et l'assis pour ne pas se faire transpercer par des clous. Heureusement, il n'y avait pas de clous dans cette grotte, mais la quantité d'insectes la peuplant me faisait le même effet. Je remis tout à coup mes plans de venir vivre en montagne en question, car c'était ce genre de voisins que j'allais me faire. Une araignée avec des pattes longues comme des cure-dents descendit sur son fil pour apparaître juste devant mes yeux. Tétanisée, aucun son ne sortit de ma bouche et je ne pus pas bouger ; jamais ma gorge n'avait été aussi serrée. L'araignée descendit un peu plus bas et atterrit sur mon épaule. Ses longues pattes velues touchaient mon cou mouillé et je la sentais déjà avancer sur moi. À ce moment, une immense vague de courage (enfin... surtout de panique) m'envahit et je courus le plus vite possible en dehors de l'abri. Je me frottais l'épaule pendant au moins une minute pour être sûre que l'araignée soit bien partie, et me retrouvai de nouveau sous la pluie. L'eau de mes larmes, l'eau du ciel et l'eau de mes émotions me submergeaient. Je me noyais.

Je me perdais entre les arbres. Mon cœur rapide, fort, bruyant, saccadé s'accordait au rythme de mes pas. Une intense chaleur se dégageait de mes membres et mes poumons étaient prêts à suffoquer. Un éclair cassa le ciel en deux à une cinquantaine de mètres au-dessus de moi. Je m'arrêtai. Mon rythme cardiaque à son apogée, une infinité de pixels grisâtres vint troubler ma vision. L'éclair avait touché un arbre. Ce dernier prit feu et s'écrasa sur le sol dans une violence extrême. Je rebroussai chemin. Chaque arbre, chaque buisson, chaque son m'affolait. Mes jambes ne s'arrêtaient pas de courir, je n'avais plus de contrôle sur mes membres.

Tout ce qui m'entourait m'était menaçant, y compris mon corps. Je retournai au bord du flanc de montagne et cherchai désespérément un autre endroit où me protéger. La grotte que j'avais trouvée était bien trop loin derrière moi et je priais pour en trouver une autre qui soit plus accueillante. La foudre s'abattit une fois de plus sur un arbre alentour. L'eau coulait comme jamais auparavant, et le feu en jaillissait. Mon pied se prit dans une racine un peu déterrée. Je tombai. Un amas de ronces me rattrapa et taillada ma peau en une centaine de griffures. Mes jambes étaient les plus touchées et des filets de sang coulaient de mes genoux. La tension était tellement intense que je me mis à gémir d'une manière incontrôlable, des sons à la fois très aigus, puis graves et rugueux sortaient de ma gorge sans que je puisse avoir le moindre impact dessus.

Je me mis à prier. J'étais dans un désespoir tel qu'aucune autre solution ne me vint à l'esprit. Alors que je continuais ma course effrénée dans la forêt, mes mains se joignirent et je commençai à invoquer tout ce qui pouvait potentiellement m'aider. Les fées, Saint Nicolas de Flüe, les nymphes, Jésus, mes ancêtres, les extraterrestres positifs, l'esprit de la Terre mère et ce fameux Dieu omnipotent ; j'implorais l'aide de tous pour avoir plus de chance de m'en sortir. J'appelais une instance supérieure en espérant qu'elle me sauve, mais évidemment, aucune entité n'apparut pour me téléporter chez moi. Mes gémissements s'étaient transformés en cris et j'espérais que quelqu'un puisse m'entendre. Au-delà des arbres et de mes larmes, je vis quelque chose. Là, à quelques mètres, se trouvait un deuxième trou dans la roche.

J'étais enfin au sec. J'essuyai mes yeux pleins de larmes et observai le lieu. À part quelques insectes peut-être cachés sous une pierre, cette grotte était bien plus accueillante que la précédente et semblait étrangement propre. En regardant un peu mieux, je m'aperçus que ce qui me paraissait être une simple cavité s'apparentait en fait plus à une sorte de long couloir dans la montagne. Lentement, je repris mon souffle et avançai. J'étais lessivée à un tel point qu'aucune émotion ne pouvait plus m'atteindre : ni l'appréhension, ni la méfiance, ni même la joie. J'étais dans une neutralité totale. Il n'y avait aucune lumière, aucun son et même la température semblait avoir disparu. En me déplaçant de plus en plus loin dans la pierre, je crus voir une étincelle. Au loin, une flamme turquoise guidait ma route. Je n'aurai su dire qui de moi ou d'elle se rapprochait de l'autre, mais nous finîmes tellement proches que chaque morceau de minéral s'illuminait. Chaque atome prenait vie en des couleurs et des mélodies toutes aussi différentes que concordantes. J'étais au cœur d'une technologie aussi futuriste qu'ancienne, dans laquelle l'espace et le temps avaient disparu. Le son et la lumière fusionnaient pour ne faire plus qu'un et mon être s'y assemblait parfaitement. Mon identité terrestre s'effritait pour laisser place à quelque chose de beaucoup plus vaste. Aucune silhouette humaine n'était là mais j'avais cette certitude d'être entourée plus que jamais je ne l'avais été. Cette extase aussi incroyable qu'indescriptible n'avait rien à voir avec une quelconque excitation exacerbée. C'était un sentiment de plénitude parfait, de connexion entre le microcosme et le macrocosme aussi complexe qu'absolument simple. Je savais tout, je comprenais tout, j'étais tout. En ce moment surnaturel, je pouvais écrire l'histoire de l'univers depuis son commencement. Les repères que je m'étais créés au travers de mes cinq sens disparaissaient. Même ce fameux « je pense, donc je suis » n'avait plus de sens. Je ne pensais pas, mais j'étais. La matière dense laissait place à une conscience vivante, fluide et cristalline dans laquelle j'étais à la fois intégrée et intégrante. Je comprenais les lois qui régissaient notre univers ainsi que la conscience de laquelle elles découlaient. Cela n'avait rien d'un délire que l'on pouvait atteindre grâce à une quelconque drogue ; mon existence en cet instant était bien plus *réelle* qu'elle ne l'avait jamais été. La délimitation entre ciel et terre n'avait plus de sens, il ne s'agissait plus que d'atomes dont la distance différait. Les principes du bien et du mal n'avaient pas disparu mais ma vision de ceux-ci changeait. Il y avait ceux qui contribuaient à l'harmonie, à la beauté, à la vie, et ceux qui tentaient de détruire toutes ces manifestations du divin. De ce point de vue, je compris que le *mal*, même en se glorifiant d'être le contraire du *bien* ne pouvait en fait pas s'en détacher. C'était comme vouloir éviter la gravité en créant toute sorte de technologie, alors qu'il s'agissait d'une loi fondatrice de l'univers de laquelle il était impossible de se dissocier. Je ne jugeais pas, je voyais ce qui était. J'étais partout et nulle part, dans le passé comme dans le futur. J'avais dépassé toutes les dimensions.

On se mit à me parler. Cette discussion indescriptible avec le vocabulaire dont nous disposons était bien plus riche et profonde que tout ce que j'avais pu expérimenter. Ce message m'était transmis au-delà du langage. Aucune entité externe ne m'expliquait quoi que ce soit, aucune séparation n'existait ; j'étais l'émetteur et le réceptacle des paroles.

Enfin, je compris.

Samedi

Un rayon de soleil un peu plus brillant que les autres me força à ouvrir les yeux. Je levai la tête et observai mon environnement, la pluie était passée. J'étais au pied d'un sapin aussi vieux que le monde, sur un lit de cresson vert accueillant une infinité de petites fleurs multicolores, mes vêtements étaient secs et les plaies que je m'étais faites la veille en courant dans le bois avaient disparu. En faisant cette constatation, tous les souvenirs me revinrent : le début de l'orage, ma course, les éclairs, les arbres abattus, les insectes, le froid, le sang, la peur... Et enfin, la grotte. J'étais sûrement décédée. Je me tapotai le corps pour voir s'il était toujours là, fermai les yeux, les rouvris, puis me tapai les joues. Je me levai enfin et essayais de reconnaître le lieu, mais le contexte était tellement différent que je n'avais aucune idée d'où je me trouvais. En regardant un peu plus loin, j'aperçus le flanc de montagne. Je le longeais et trouvai la première grotte dans laquelle j'étais allée ; les insectes y étaient toujours bien présents. Je rebroussai donc chemin pour retrouver la deuxième, mais au bout d'une heure trente de marche rapide, je ne la trouvais toujours pas. Elle avait disparu. Je ne comprenais pas ce qu'il s'était passé la veille, mais cette fois je n'avais pas peur. Je n'avais pas peur car je sentais que j'avais vécu quelque chose d'important. Même si aucune information ne m'était restée de ce moment de singularité, je me souvenais que dans cet espace-temps, je savais. Je n'avais pas pu emmener avec moi ce que j'avais vécu car cela appartenait à un autre monde, mais j'avais pu en garder un souvenir aussi brumeux qu'ancré au plus profond de moi. Cette expérience avait laissé une empreinte qui allait me changer à tout jamais. Même si cet accès à une dimension supérieure de la vie ne m'était plus donné, son introduction m'avait suffi pour que je croie en son existence. Je ne comprenais ni pourquoi ni comment cela m'était arrivé, mais je savais qu'aucun intermédiaire ni aucune institution n'avait le pouvoir de m'y emmener. C'était un chemin en moi-même qui ne pouvait être parcouru par personne d'autre. Je n'abandonnais ni ma raison, ni mon bon sens, mais il fallait que je me rende à l'évidence : cet événement les dépassait tous deux.

Une vague de joie profonde traversa mon âme. Je n'étais pas seule et je ne l'avais jamais été. Cette croyance ne venait que de la perception que j'avais de mon monde, dans lequel je voyais chaque chose comme indépendante et détachée du reste. Même si le torrent organique et puissant qui m'avait traversé la veille était passé, ce profond ressenti m'était resté. Cela ne venait pas de mon intellect, je l'avais compris jusqu'au cœur de mes cellules. Tout était interconnecté. Dans un moment magique et surnaturel, j'avais eu accès à une dimension de mon âme qui m'était jusqu'alors inaccessible. Mais maintenant que je m'étais rencontrée, tout avait changé. Alors que j'avais vieilli de vingt ans en parlant avec Sœur Anne-Marie, j'avais cette fois grandi de deux-cent. Je ressentais la vie tout autour de moi, et de même que les arbres parlent entre eux dans leur forêt, je pouvais parler au monde.

Mes inspirations et expirations étaient calmes, profondes ; je ressentais mon corps et comprenais son langage. J'étais dans une grande gratitude de l'avoir. Cette forme de technologie organique était capable d'accueillir mon âme et de la faire vivre au contact d'autres âmes, toutes aussi différentes les unes que les autres. J'avais cette chance d'avoir un organisme en bonne santé qui me permettait de vivre comme je le voulais. Il m'était arrivé tellement souvent de le blâmer pour ce qu'il n'était pas ; je le trouvais parfois difforme, anormal, laid, en me comparant aux corps que j'enviais, alors que lui avait toujours été là pour moi. Même en le haïssant, lui, me soutenait toujours et mettait tout en place pour que mon esprit ait une maison agréable dans laquelle se loger. Et moi, je l'avais physiquement et mentalement empoisonné sans me soucier de ce qu'il voulait. Après l'avoir détesté tant d'années, mon corps, mon ami le plus proche, m'était resté fidèle. Aujourd'hui je m'en rendais compte, et je l'en remerciais.

Je continuais ma marche en espérant aller dans la bonne direction, celle du Grütli, mais avec la course effrénée que j'avais faite la veille, je n'avais aucune idée du chemin que je devais suivre. Je ne m'en préoccupais finalement que très peu. J'étais simplement heureuse de pouvoir marcher en pleine nature et d'apprécier ce qu'elle avait à m'offrir. De toute manière, la Suisse était un petit pays. J'allais forcément tomber sur une maison à un moment ou à un autre.

Au bout de trente minutes de balade, je tombai sur un petit village : Seelisberg. J'étais soulagée de retrouver les miens, les Hommes. J'entrai dans une auberge et y commandai une croûte au fromage. Ma faim était telle que chaque arôme du plat me semblait décuplé. Après avoir payé, je demandai au serveur si j'étais loin du Grütli et il me répondit que non, qu'il n'était qu'à une cinquantaine de minutes de marche d'ici et que je pouvais passer par le petit sentier juste en face de ma table. J'étais tellement heureuse ! Un magnifique spectacle s'offrit à mes yeux. À une centaine de mètres en-dessous de moi se trouvait une étendue d'eau translucide entrecoupée par de hautes montagnes verdoyantes, il était enfin là : le lac des Quartes-Cantons. Une puissante vague d'énergie brute m'envahit des pieds à la tête et je me mis à avancer le plus rapidement possible : cette marche qui devait durer cinquante minutes n'en dura que trente. Un grand drapeau Suisse m'accueillait là où Uri, Schwyz et Unterwald s'étaient réunis pour créer mon pays. Je courus de joie et m'allongeai sur la célèbre pelouse du Grütli. Le lac arborait une teinte bleu-turquoise magnifique, je me sentais au paradis. Mes paupières se refermèrent et je m'endormis.

Quelques heures étaient passées et lorsque j'ouvris les yeux, le soleil lui se couchait. J'entrai dans le restaurant de ce lieu légendaire et commandai des *Älpermacron*[5]. Il y avait beaucoup de monde et ce fut sans surprise que quelqu'un d'autre me rejoignit à table. C'était une fille et elle s'appelait Ava. Ava avait deux ans de plus que moi et vivait à Berlin, comme moi, elle avait fait une randonnée toute seule la menant jusqu'au au Grütli. C'était drôle parce que j'avais l'impression de parler à mon moi futur. Nous discutâmes pendant plus de deux heures de nos parcours respectifs, des lieux que nous avions vus et des âmes que nous avions rencontrées. Elle aussi, avait été surprise par cet immense orage de la veille mais avait heureusement trouvé une maison dans laquelle s'abriter. Elle m'expliqua que faire des randonnées toute seule lui permettait de se retrouver, de s'éloigner du grabuge des villes et des gens qu'elle connaissait pour redevenir celle qu'elle était vraiment. Notre famille, nos amis, notre conjoint et nos connaissances avaient tous une image de nous ; chacun avec leurs attentes et leurs a priori, et ne pouvaient souvent pas nous voir tel que nous étions. Je me rendais bien compte que je changeais en chaque instant et que celle que j'étais il y a deux ans et celle que j'étais la semaine passée n'était plus la même personne. Mais ma famille ne pouvait pas voir cela. Ce sentiment était parfois frustrant car celle que les autres voyaient et celle que j'étais pouvaient être totalement opposées, je comprenais donc bien Ava. La grande question que je me posais désormais était de savoir si les gens remarqueraient mon changement après cette semaine de

---

[5] Macaronis des Alpes

marche. Mon système de pensée était en train de se transformer radicalement et mes interactions avec les autres allaient forcément subir une mise à jour. Ma famille et mes amis allaient-ils comprendre ? C'est en parlant avec Ava que je pris conscience que cette semaine de marche allait avoir des répercussions non seulement sur ma personne, mais également sur mes relations et mon rapport aux autres. Faire un travail sur soi n'impliquait pas que *soi*.

Ma nouvelle amie me demanda ce que je cherchais en marchant dans les montagnes et je lui expliquai mon parcours. J'eus un peu de peine à parler des expériences que j'avais vécues au lac de Sarnen et dans la grotte, mais sentant que je pouvais lui faire confiance, je lui dis tout. Elle m'écoutait d'une oreille attentive et ses yeux témoignaient d'un étonnant émerveillement. Elle non plus n'arrivait pas à expliquer ces phénomènes et me demanda, en essayant de rester polie, si je n'avais pas pris de drogues ou si je ne souffrais pas d'une maladie mentale. J'éloignais ces possibilités avec une pointe d'humour, peut-être pour me rassurer. Il était possible que je sois tombée dans les pommes durant l'orage et que ma course effrénée et la grotte magique n'aient été qu'un long rêve. Je ne savais pas. Mais il était vain de tenter d'y trouver la réponse exacte, car dans tous les cas, ce qui m'était arrivé dépassait de loin tout ce que j'avais déjà vécu. Pour moi, il était difficilement imaginable que mon cerveau l'ait créé de toutes pièces, mais tout était possible. Encore une fois, je ne savais juste pas. Ava m'expliquait qu'elle pratiquait la méditation depuis plus de deux ans et que ce genre de *transe* pouvait être vécue dans certains cas, mais qu'elle n'avait jamais entendu d'histoire aussi incroyable. J'étais heureuse, car même si elle ne pouvait pas comprendre ce que j'avais vécu, elle ne me jugeait pas et restait bienveillante.

Ava regardait le collier que ma grand-mère m'avait offert, il était toujours là, autour de mon cou, et me demanda ce que le symbole qui y était incrusté représentait. Sa remarque m'étonnait car je n'avais pas vu de symbole particulier sur l'améthyste. Il y avait effectivement une roue à six rayons taillée dans la pierre violette. Je l'observais longuement et essayais de retrouver dans mes souvenirs l'endroit où j'avais vu ce dessin. Un éclair de lucidité me traversa et je pris vite mon sac-à-dos. Le livret de ma grand-mère ! C'était le symbole sur lequel Nicolas de Flüe méditait jour et nuit et qu'il considérait comme son livre. En fait, il m'avait suivi depuis le début. J'étais peut-être tout de même sous la protection d'une divinité locale, comme me l'avait dit Sœur Anne-Marie. Cette révélation me fit sourire intérieurement, que le *hasard* pouvait être bien organisé !

Nous continuâmes à papoter puis décidâmes de partir trouver un endroit où dormir. Il n'y avait plus de bateaux pouvant nous amener ailleurs et aucun hôtel n'était situé au Grütli. Nous montâmes donc à Seelisberg pour nous y trouver une chambre. La montée était plus rude que la descente. Après une heure dix de marche, nous arrivâmes au village et trouvâmes un petit hôtel pas trop cher. Pour nous faire économiser un peu plus d'argent, nous prîmes une chambre à deux.

En me lavant sous une grande coulée d'eau bien chaude, je repensais à la *douche* de la veille. J'étais bien contente qu'elle ne soit pas glacée cette fois-ci. Nous nous couchâmes dans le lit moelleux de l'hôtel et nous souhaitâmes une bonne nuit. N'arrivant bizarrement toutes deux pas à dormir, Ava me posa une question :

« Du coup, puisque demain tu rentres, est-ce que tu sais ce que tu veux faire plus tard ? »

Je ne lui répondis pas tout de suite, ayant besoin d'un peu de temps pour réfléchir à ce que j'allais lui dire. Je pris une petite inspiration et cette fois, c'était mon cœur qui parlait :

« Je crois que je vais me faire confiance. Ce que cette marche m'a appris c'est que je peux faire confiance à la vie. J'ai toujours eu cette certitude que je devais absolument faire de grandes études pour avoir un travail qui allait me plaire et qui me rapporterait de l'argent. Je me rends compte que ce n'est pas forcément la seule option que j'ai, et je sens que ce n'est de toute façon pas le moment pour moi d'aller à l'université. J'ai encore une année sabbatique devant moi pour savoir quel travail je voudrais faire et donc décider de ce que j'aimerais apporter au monde. Pour cela, je pense avoir besoin de me connaître mieux. Je veux me rencontrer, me retrouver, mais aussi comprendre le monde, tu vois ? Comment pourrais-je aider une planète dont je ne connais ni les peuples, ni les terres ? Comment pouvoir porter une pierre à l'édifice d'un projet si je ne sais même pas quel mur je suis en train de construire ? Je veux faire les choses bien et pour cela, j'ai besoin de prendre mon temps. Apprendre des leçons de vie par cœur peut se faire très rapidement, mais pour intégrer ces informations en nous, il faut du temps. La sagesse vient avec l'âge et l'expérience et c'est pour cette raison que je veux me laisser ce temps nécessaire pour apprendre à me connaître. Avec ce que j'ai vécu cette semaine, je sais que d'une manière ou d'une autre, je suis guidée par cette voix intérieure qui mystérieusement, sait mieux que moi ce qui me sera bénéfique. C'est un dialogue avec elle que je veux pouvoir construire et je suis sûre que c'est grâce à cela que je saurais ce qui sera le mieux à faire pour moi en chaque instant. Il est clair que je devrai passer par des étapes difficiles car chaque humain passe par là. La mort d'un proche, la séparation, l'injustice et la peur sont des épreuves par lesquelles nous devrons tous passer et je sais bien que je ne pourrai pas les éviter. Mais mes réactions seront peut-être meilleures si j'ai appris à me connaître, si j'ai compris mes faiblesses et surtout, si j'ai cette foi inébranlable que ce ne sont que des moments passagers que je suis capable de surmonter. Au lieu de m'inquiéter en me disant que je *dois* trouver quelque chose à faire, que je *dois* trouver un métier tout de suite car sinon je serais perdue le reste de ma vie ; je préfère faire confiance à cette petite voix interne qui me dis que pour le moment, ce sont d'autres choses que je dois apprendre.

Le monde dans lequel nous vivons est malade. Nous avons toujours été habitués à fonctionner à partir d'automatismes inculqués par notre société et nous prenons pour *malades* les gens réussissant à garder leur individualité. Combien d'êtres humains se sont lancés dans des études, des carrières, des styles de vie pour la simple raison que c'était la suite logique des choses ? Combien finissent par haïr leur travail, leur environnement, leur vie jusqu'à réellement en tomber malade, leur âme se sentant complètement emprisonnée ? Je me rends compte maintenant du niveau d'incohérence qu'il y a ici. On nous a toujours vendu le confort matériel et social comme source de réussite et par conséquent, de bonheur. Mais comment ne pouvons-nous ne serait-ce qu'*espérer* nous épanouir dans une fonction, si dès le départ, notre cœur nous disait d'aller ailleurs ? Je suis tellement triste de voir toutes ces personnes ayant des talents différents se laisser happer par un système les tenant en laisse. Les hommes ne fonctionnent pas par enthousiasme, on les a habitués à fonctionner à partir de la peur et aujourd'hui, ils ne se rendent même plus compte de la nocivité de cet état d'esprit ! Au lieu de nous pousser à explorer notre individualité, on nous transporte de dogme en dogme avec toujours certaines idées préconçues que nous adoptons immédiatement comme véridiques. Il y a cent ans, en Suisse, l'écrasante majorité des gens était chrétienne. Pour eux, tout ce qui était écrit dans la Bible était vrai et la moindre personne s'y opposant était insultée, accusée d'être profane, folle ou démoniaque.

Les gens vivaient dans la peur du péché, et mettaient tout leur pouvoir entre les mains du prêtre local. Aujourd'hui, ils croient en la Science, et tout ce qui est de près ou de loin associé à Dieu est tout de suite ridiculisé, ou en tous cas, n'est jamais pris au sérieux. En tant que principe, la Science est tout à fait nécessaire et saine, mais en tant que dogme, elle perd son utilité. En quoi une réalité que nos ancêtres auraient qualifiée de « spirituelle » ne pourrait-elle pas aussi être qualifiée de scientifique, c'est à dire prouvable ? Nous savons que notre univers est basé sur au moins quatre dimensions même sans avoir la moindre idée de ce que peut être cette quatrième dimension. Alors pourquoi n'arrivons-nous pas à imaginer que si nous sommes capables de fonctionner dans la troisième dimension, peut-être que d'autres formes de vie le font dans la quatrième. D'ailleurs il est probable qu'il y ait beaucoup plus de dimensions que quatre, c'est en tous cas ce que nous dit la physique quantique avec la théorie des cordes. Nous savons aussi qu'en tant qu'humains, nous ne voyons qu'un pourcentage infime de ce qui existe. Comment pouvons-nous donc avoir l'arrogance de considérer que toute la réalité se résume à ce que nous percevons ? Le problème, encore une fois, n'est pas dans les méthodes scientifiques, mais dans le dogme qui s'est créé autour de ces dernières.

La raison est indispensable, et nous avons vu dans le passé que lorsqu'elle n'est pas présente, cela peut mener à des catastrophes. Mais n'est-il pas un peu naïf de croire qu'elle peut répondre à tout ? Maintenant que la superstition perd toujours plus de son emprise, les hommes raisonnent, et lorsque quelque chose dépasse leur raison, ils le rejettent. Si les croyances ont été créées pour rassurer l'humain, ce système de pensée ne fait que les remplacer. Pourquoi cette peur éternelle de l'inconnu ? Pourquoi ce rejet du mystère ?

Nous considérons que l'univers est une vaste étendue vide et inerte, et que notre présence sur Terre est due à un hasard qui avait très peu de chance de se réaliser, mais encore une fois, ce n'est qu'une considération. C'est une croyance que nous avons tous adoptée sans réellement y réfléchir, mais il se peut qu'elle soit fausse. Pourquoi l'univers ne serait-il pas lui-même une construction vivante et favorable à créer la vie ? C'est une thèse qui peut tout à fait être étudiée, et elle l'a déjà été. Les résultats lorsque l'on cherche dans cette direction sont d'ailleurs très encourageants, mais bien sûr, pour cela, il faut avoir dépassé la barrière de nos croyances limitantes. En plus, même les thèses scientifiques relèvent parfois d'une forme d'illogisme. Le *big bang* : il n'y avait rien, ni espace, ni temps, puis en une fraction de seconde, tout l'univers a jailli d'un point minuscule, plus petit qu'une tête d'épingle. C'est ce que les observations des astronomes soutiennent, et pourtant, pour un esprit logique c'est tout à fait inconcevable. D'ailleurs, n'est-ce pas plus *concevable* de se dire que notre apparition sur Terre est due à un processus naturel découlant de certaines lois universelles, plutôt que d'un simple hasard difficile à expliquer ? N'est-il pas plus *logique* de se dire que cette apparition miraculeuse du monde vient d'une forme de conscience plutôt que d'un accident ? Je ne dis pas avoir les réponses, mais j'aimerais bien que nos institutions scientifiques ouvrent un peu leur esprit pour ne pas étudier seulement ce qui rentre dans leur cadre.

Ne pourrions-nous pas essayer de sortir de cette conscience de ruche qui dicte nos faits et gestes, pour nous reconnecter à notre individualité profonde ? Je crois sincèrement que cette reconnexion à qui nous sommes est possible. Pour moi, chaque individu est une partie de ce que les religions monothéistes appelaient *Dieu*, et c'est cette essence de nous-mêmes que nous devrions rechercher. C'est ça finalement, le but de toute vie. En tous cas, je crois que c'est le but que je veux donner à la mienne. »

Ava s'était endormie. J'avais du parler un peu trop longtemps. Mon cœur, lui, battait à toute allure ; j'avais enfin réussi à mettre des mots sur ce sentiment que j'avais en fait toujours ressenti. Je me blottis sous les draps onctueux et pris une grande bouffée d'air. L'univers entier entrait dans mes poumons et je le sentais se faire absorber à travers chacun de mes nerfs. D'un murmure, je finis quand même par répondre à Ava :

« Je pense que je vais voyager. Je veux voir le monde, découvrir ses habitants et ses cultures, voir les différentes manières de penser et essayer de m'y frayer un chemin. J'apprendrai à connaître la planète qui m'accueille pour cette vie. »

Dimanche

Ava me réveilla. Il était dix heures du matin et nous nous préparâmes à rendre les clés de la chambre. Nous sortîmes de l'hôtel et mangeâmes quelques croissants pour notre petit déjeuner. Pour moi, la marche était finie. C'était mon dernier jour dans les Alpes et j'allais reprendre le train pour rentrer chez moi.

Nous descendîmes à pied jusqu'au lac et nous nous embrassâmes fort. Ava avait encore une semaine de marche devant elle qui devait l'emmener jusqu'au Tessin, et moi je reprenais le bateau en direction de Lucerne. Après s'être échangés nos numéros de portable, nous nous séparâmes. Je montai sur le paquebot et fis des signes avec mon bras pour dire adieu à ma nouvelle amie. J'étais un peu triste de la quitter, mais au fond de moi, je savais que nos chemins allaient se recroiser.

L'eau du lac des Quatres-Cantons était scintillante et je me crus l'espace d'un instant aux Caraïbes. Je me penchai sur le rebord et observais les vagues que nous laissions derrière nous. Même si notre bateau remuait un peu la surface de l'eau, le lac restait calme et serein. Beaucoup de touristes s'émerveillaient avec moi de ce paysage. Il y avait des chinois, des allemands, des anglais, des indiens et bien sûr, des suisses. Les choses avaient bien changé depuis l'époque de Saint Nicolas de Flüe ; ce qui était une oasis privée au milieu des bois était maintenant devenue une attraction touristique majeure. Mais bon, tant que la nature pouvait vivre sereinement et que les échanges culturels se faisaient dans le respect, je ne voyais pas en quoi cela pouvait être un problème. Le bateau navigua de rive en rive pendant deux heures, puis nous arrivâmes à Lucerne.

La ville était beaucoup plus calme qu'à mon arrivée. Je m'assis au bord du lac et m'en imprégnai. Toutes les choses que j'avais vécues et toutes les énergies qui m'avaient traversée s'unifiaient en moi, c'était un travail subtil qui s'opérait dans mon corps et mon esprit et je sentis qu'il était temps que je me repose. La façon dont je voyais et pensais le monde avait radicalement changé et ce fut comme si mes yeux et mon cerveau devaient se calibrer à nouveau. Même si je ne me rendais pas encore compte de l'envergure que cela allait prendre dans ma vie, ces sept jours en pleine Suisse Centrale m'avaient profondément changée. Je me couchai sur le dos, les pieds dans l'eau, et fermai les yeux. Une lourde et puissante fatigue m'envahit et je m'endormis sur le champ. Je fis un rêve.

J'étais en montagne quand le bélier apparut. Il portait le collier de ma grand-mère. À ses côtés se tenait Susi et tous deux me regardaient tendrement, une bienveillance et une gentillesse sincère se dégageait de ces deux êtres. Sans dire un mot, ils me montrèrent un chemin au bout duquel se tenait un lac. Je m'avançais et eux me suivaient lentement. Je mis un pied dans l'eau, puis le deuxième et continuais à avancer dans les profondeurs lacustres. Sans comprendre comment ni pourquoi, j'étais désormais au fond de cette grande étendue d'eau qui était à la fois sombre comme la nuit et lumineuse comme le jour. Les courants reflétaient des teintes brillantes et colorées. Je descendais dans les abysses et une grotte apparut. J'entrai. Chacun des murs de pierre étaient recouverts de feuilles d'or et des nymphes gardiennes de la Terre m'y accueillaient. Je nageais sans m'arrêter quand un rayon de soleil m'aveugla. Au-dessus de moi se trouvait une lumière forte et puissante que je ne pouvais m'empêcher de fixer. Je remontais à la surface et enfin, sortis la tête de l'eau. Un bain de lumière vivante transmuta le liquide, et cette fois-ci, je m'élevai. De plus en plus vite, je prenais de la hauteur. De là où j'étais, je pouvais apercevoir tous les endroits que j'avais parcourus durant mon voyage, puis je vis toute la Suisse, l'Europe, puis la Terre. Je continuais mon ascension ; la Terre devenait minuscule, je voyais le système solaire entier, traversais le soleil, puis la galaxie d'Andromède. J'allais encore plus loin, encore plus haut, les galaxies devenaient elles aussi de plus en plus petites, jusqu'à devenir de petits points lumineux éparpillés dans un vide intersidéral. En cet instant, j'étais partout. Une mélodie résonna. Des cordes, des vents et des percussions s'organisaient et formaient un langage harmonieux et universel qui s'étendait jusque dans chaque recoin de l'espace. Tout était vivant, libre et interdépendant. L'univers fonctionnait comme un corps humain avec des galaxies comme organes, des systèmes solaires comme cellules et des soleils comme noyaux. Je regardais mes mains et des centaines de milliers de minuscules points lumineux s'allumaient en moi ; mon corps aussi possédait ses soleils. La musique s'intensifiait, le rythme accélérait et tout recommençait à se densifier. Je me rapprochais à nouveau des galaxies, d'Andromède, puis de la voie lactée, de notre soleil, et enfin, je retrouvais ma maison.

Mes paupières s'ouvrirent. La fatigue était passée et je retrouvais mon lac. Une grande vague d'émotion me prit et je me mis à pleurer. Tout ce que je percevais était d'une beauté inestimable. La vie était sacrée, et chacune de ses formes représentait une partie du grand Tout. Je me sentais honorée d'avoir pu vivre tous ces moments et d'avoir eu toutes ces prises de conscience en aussi peu de temps. Je ne savais pas qui ou quoi je devais remercier pour cela, mais j'étais dans une profonde reconnaissance. Je regardais l'eau qui était juste sous mes pieds et y vis mon reflet. J'avais réussi à me lancer dans une aventure sans avoir la moindre certitude de son utilité, et même dans les moments où tout me paraissait contre moi et où je remettais tout en question, j'avais décidé de continuer. Même en sachant que le chemin que j'avais choisi était loin d'être le plus simple, j'avais fait le choix de continuer de le suivre et aujourd'hui, je comprenais pourquoi. Je me remerciais.

Ma randonnée était terminée. J'avais vécu ce que je devais vivre et j'en avais retiré ce qu'il me fallait en cet instant. Je pris une grande inspiration pour sentir l'air frais des Alpes entrer dans mes poumons, puis me levai. Je retournai en direction de la gare et achetai mon billet pour rentrer chez moi. Mon train arriva. Avant de monter dans le wagon, je regardai encore une dernière fois derrière moi comme pour faire un dernier adieu au bélier et à ses montagnes. Je tournai la tête vers l'avant du train et fini par y entrer.

Je pris place près de la fenêtre, dans un carré de sièges vides. Il était dix-sept heures cinq et j'allais être chez moi vers dix-neuf heures trente. Le train démarra. Depuis le hublot, je voyais les montagnes et les lacs s'éloigner. J'avais beau quitter ces hauteurs, elles, ne me quitteraient pas. Le mont Pilate, le lac de Sarnen, le Flüeli et le Grütli resteraient gravés en moi à jamais, comme dans du marbre. Tous ces lieux, je ne m'en éloignais qu'avec mon corps, mais mon esprit les avait emmenés avec lui. Celle que j'avais réintégrée, cette partie de moi que j'avais fait descendre dans la matière était désormais bien ancrée. Je n'avais plus peur. Je savais qui j'étais et d'où je venais. Désormais, je savais où aller.

Fin

Remerciements:

Un grand merci à Antonio Albanese pour son aide tout au long de la rédaction de cet ouvrage, ainsi qu'à Olivier Saudan pour ses précieux conseils visuels.

Je remercie également Sarah, Pascale, Eva, Marilyn, Amélie et Alain pour le temps qu'ils ont accordé à la correction de mon livre bénévolement.

Ich danke auch Hubert für die wunderschöne Reise auf den Pilatus, und Grossmami für die Zeit die du mit mir diese ganzen Wochen verbracht hast.

Bibliografische Information der Deutschen Nationalbibliothek:
Die Deutsche Nationalbibliothek verzeichnet diese Publikation
in der Deutschen Nationalbibliografie; detaillierte bibliografische
Daten sind im Internet über dnb.dnb.de abrufbar.

© 2018 Maud Paquis

Herstellung und Verlag: BoD – Books on Demand, Norderstedt

ISBN 978-3-7481-2788-8

FSC
www.fsc.org

MIX

Papier aus ver-
antwortungsvollen
Quellen
Paper from
responsible sources

FSC® C105338